COLLEZIONE DI TEATRO

423.

www.einaudi.it

ISBN 978-88-06-20484-6

Natalia Ginzburg

TI HO SPOSATO PER ALLEGRIA

Prefazione di Ferdinando Taviani

Giulio Einaudi editore

Nove lustri

di Ferdinando Taviani

Da una lettera di Natalia Ginzburg a Giulio Bollati (editore Einaudi):

21 luglio [1965], Colli di Fontanelle

Ho scritto una commedia. Per caso, non vi interesserebbe leggerla?
Mi pare che non avete ancora una collana teatrale, dunque farvela vedere è inutile?

Telegramma di Giulio Bollati a Natalia Ginzburg:

23 luglio 1965

Manda subito tua commedia – un saluto affettuoso.

Sono passati 45 anni, ben 9 lustri, da quando Natalia Ginzburg ha scritto *Ti ho sposato per allegria*, subito pubblicata, rappresentata a teatro e al cinema, piú volte ristampata, introdotta, commentata, sempre lungo i sentieri d'una fama un po' defilata – non perché incerta, ma perché vagamente reticente. Come se ci fosse una domanda di fondo: «Funziona. Ma come mai?». Intanto il suo titolo è diventato un modo di dire.

È un'allegria senza un perché, e dunque non c'è da fidarsi: nulla d'ottimista o spensierato. Ma da qualche parte, in questa commedia, s'accende una luce. Direi che è la luce d'una colpa felice. Per evitare parole che riempiano la bocca, basterebbe alla fin fine rifugiarsi nella grammatica e pensarla, questa luce, come la scintilla che nasce dalla frizione fra due preposizioni: il *con* e il *per*. Ma vorrebbe dire imbarcarsi in una questione di lana caprina.

Fermiamoci a constatare come malgrado tutte le sue piccole fortune la patina del classico non abbia fatto a tempo a fasciare o soffocare questa commedia. Continua la sua sorpresa.

Natalia Ginzburg la scrisse in un mese d'estate, quando aveva appena finito di dire che lei per il teatro non aveva alcuna intenzione di scrivere. Anzi, che avrebbe provato vergogna e ribrezzo nel farlo. L'aveva scritta con le solite biro, la nera, la blu, la rossa, nel luglio del 1965, mentre era in vacanza vicino a Sant'Agnello, sulle colline della Penisola Sorrentina, 300 metri sul livello del mare. Da una parte poteva vedere il Golfo, Napoli e sul fondo il Vesuvio. Dall'altra, il mare di Salerno e gli isolotti Li Galli. Malgrado la luce del luogo, lei non era allegra. In compenso, uscí fuori allegra la sua commedia, per tutt'altri panorami.

Aveva in mente il volto e l'intelligenza di Adriana Asti, amica sua e attrice, che l'aveva sollecitata, e che effettivamente fu la prima a portare in scena il personaggio di Giuliana. Dopo di lei, diverse altre attrici, in diverse lingue l'hanno recitato. Fra i teatri questo si chiama successo. Succede cosí: il personaggio resta lí come qualcuno a metà fra un agnellino sacrificale e un evasivo angelo custode, per guidare generazioni di attrici e d'attori nel mondo del pressappoco scenico e qualche volta nella sua extraquotidiana precisione, nella buona e nella malasorte. E questo funziona sia in avanti che all'indietro.

Dietro il volto e l'intelligenza di Adriana Asti, Natalia Ginzburg vedeva un altro volto e un'altra intelligenza randagia: la protagonista di *Peg del mio cuore* (commedia di John Hartley Manners che incassò mucchi di denaro nel cinema, dopo averne incassati nei teatri di tutto il mondo nei primi due decenni del Novecento). Natalia Ginzburg bambina vide Peg quando la portarono per la prima volta a teatro, al Carignano di Torino. Fu un imprinting: Peg era una ragazzetta esile, dai grandi occhi, randagia anche lei, con un grande cappello. Il nome dell'attrice la Ginzburg non lo ricordava (era Emma Gramatica, celebre fra gli appassionati di teatro), ma ne ricordava benissimo l'apparenza e gli occhi, che proiettava sull'esile figura e i grandi occhi di Adriana Asti. Immaginò cosí la protagonista della sua commedia. E non dimenticò il cappello.

La parola «cappello» era la prima a venirle in mente se davanti a un foglio di carta immaginava di scrivere la battuta d'inizio d'una commedia.

C'era stato, alla fine del 1964 o nei primi mesi del '65, un questionario proposto dalla rivista «Sipario», e cioè da Franco Quadri, agli scrittori italiani: «Come mai non scrivete per il teatro?» Le risposte vennero pubblicate nel numero del maggio '65. Natalia Ginzburg spiegava: «Ogni volta che ho provato a scrivere in capo a una pagina: Piero: "Dov'è il mio cappello?" mi sono vergognata a morte e ho dovuto smettere in preda a un acuto ribrezzo. Perché in quel Piero, in quei due punti, in quel "dov'è il mio cappello?", si proiettavano tutte le brutte commedie italiane che ho letto e che ho sentito in vita mia».

È quasi obbligatorio citarla, questa risposta, quando si parla di *Ti ho sposato per allegria*, per almeno tre ragioni: perché la commedia comincia proprio con quella battuta; perché la battuta è un po' diversa; e perché la commedia è stata scritta subito dopo la dichiarazione sulla vergogna e il ribrezzo. «Vergogna» e «ribrezzo» sono parole forti. Facile sentirvi dell'esagerazione, e quindi la traccia del desiderio. Troppo facile. Non sta qui la «colpa felice» di cui il teatro di Natalia Ginzburg sembra essere il buon frutto. Va cercata, semmai, nel fatto che in *Ti ho sposato per allegria* (è sempre la Ginzburg a spiegare) «non accade nulla, e in questo non vi sarebbe nulla di male. Però anche non significa nulla, e di questo mi sembra di dovermi scusare, perché l'assenza d'un significato genera sempre, e giustamente, una delusione. Tuttavia – aggiunge – mi sono divertita a scriverla». Alla lettera una «colpa felice». Niente di poco chiaro o poco cosciente: tutto alla luce del sole, perfettamente consapevole. Tant'è che Elsa Morante invitò a cena Natalia Ginzburg e Adriana Asti per tempestare contro quella commedia fatua e vuota. Eppure la commedia rimase cosí com'era. E la Ginzburg ricorda tutta contenta l'episodio per sottolineare la generosità della Morante (una sorella maggiore) e la propria sicura testardaggine. Colpa felice.

Cinque anni fa, Domenico Scarpa ha raccolto in un volume l'intero teatro di Natalia Ginzburg. La curatela di Scarpa costituisce la principale novità di questo libro, ciò che lo raccomanda anche a coloro che del teatro di Natalia Ginzburg hanno già tutto. Tutte le citazioni e i fatti cui mi riferisco in queste righe introduttive, nonché l'esergo, il lettore potrà trovarle perfettamente circostanziante nel volume di Scarpa (Natalia Ginzburg, *Tutto il teatro*, a cura di Domenico Scarpa, Einaudi, Torino 2005), sicché questa breve premessa viene esonerata dalle lungaggini e dal fastidio delle note continue. I testi teatrali della Ginzburg, tranne l'ultimo (*Il cormorano*, un microdramma in tre pagine, scritto nel 1991, l'anno della morte) erano stati tutti piú volte pubblicati, ma nel libro di Scarpa si trovano riuniti assieme a un amplissimo corredo di autocommenti d'autore, di scritti e apparati critici, bibliografie e notizie che documentano in dettaglio una delle piú singolari vicende del rapporto fra scrittori e teatro nel Novecento italiano. Oserei dire – malgrado la presenza di Pasolini e Testori – la piú significativa del nostro secondo Novecento.

Sarebbe miopia credere che i testi teatrali di Natalia Ginzburg riguardino piú la letteratura che il teatro in azione. E cecità credere che, dal punto di vista letterario, siano un addentellato minore della sua opera. Sono ancipiti: fatti per essere letti senza che nulla manchi loro. E, nello stesso tempo, fatti per risvegliarsi in scena, staccandosi dal senso pre-scritto. Teatro-in-forma-di-libro e letteratura in-forma-di-teatro. Insieme e (quasi) indipendentemente.

Ciò che li fa ancipiti è, ovviamente, la cellula del dialogo. Il dialogo scenico di Natalia Ginzburg assume la maschera della *conversazione*, ma è semmai il suo contrario, naviga fra ciò che diversifica, non fra ciò che si compartisce conversando, salta per dislivelli e microscopici dribbling d'attenzione, come l'acqua quando non riesce a star ferma, scende, mormora, e per ciò è viva. Il susseguirsi delle battute è regolato non dal dialogare, ma dai divarii fra botta e risposta. Eppure si parla. Si parla alla luce del *malgrado tutto*, nel regno dell'*Eppure*.

Il grande modello, lo sanno tutti, è Čechov. Se cerchiamo dei punti di riferimento nella cultura stilistica italiana il pensiero corre súbito a Goldoni, forse qua e là a Campanile. Non parlo della forma del dialogo, bensí della sua biomeccanica, di ciò che lo tiene in vita e in moto: seguire una pendenza che chi guarda e legge quasi mai pre-vede.

La famigerata battuta di Piero, «Dov'è il mio cappello?», in *Ti ho sposato per allegria* sta solo verso la fine della commedia, quando Pietro domanda e Giuliana risponde «Hai un funerale?» Lo scarto fra l'una e l'altra domanda, che le risponde, è minimo, non c'è quasi sorpresa, anzi c'è ricapitolazione, visto che all'inizio Pietro per questo cercava il cappello: perché doveva recarsi ad un funerale. Ma all'inizio, per la battuta con cui la Ginzburg (come lei stessa racconta) sapeva di dover iniziare, con il cappello di Peg messo in testa a un maschio, all'inizio è bastata un'inversione di parole: «Il mio cappello dov'è?», e Giuliana salta in tutt'altra direzione: «Hai un cappello?» Il dialogo parte trascinandosi dietro la sua commedia: sono marito e moglie, ma non sono un coppia, si sono da poco conosciuti e appena sposati, non sanno quasi niente l'uno dell'altra, al centro della scena c'è un letto. E intorno? ecc.

Come mai per questa commedia chiacchierata e svagata s'è parlato di «teatro di poesia»? È un modo per dire che c'è un certo non so che? O vuol dire che la Ginzburg si concentra innanzi tutto sulla cosiddetta forma e per spedirla poi in cerca dei suoi (vai a sapere quali) contenuti?

Basta vedere come esplori le differenti specie dei personaggi che abitano la scena, fino a quei personaggi di cui si parla tutto il tempo senza che mai compaiano (qui Lamberto Genova, un personaggio trasformista, che tutti conoscono conoscendo persone diverse; Manolo e Topazia, che compaiono in maschera e smascherati; Elena, che, sia pure nelle chiacchiere, è quasi una comprimaria; la madre di Giuliana; la signora Giacchetta, ecc.). Non è vero che questi personaggi di cui lungamente e diversamente si parla facciano della commedia quasi la prosa d'un pugno di raccontini. Al contrario: marcano i confini della rappresentazione, affollano i margini e rafforzano i dubbi sulla consistenza delle persone che stanno in scena e parlano. Lo stesso vale per l'intreccio. Non è vero che in questa commedia non ci sia praticamente intreccio. Per il semplice fatto che il *non* viene fortemente sottolineato. Vengono enunciati moltissimi intrecci e nodi d'azioni che appena fatti comparire svaniscono nel nulla come la carta che bruciano in certi loro numeri i prestigiatori. Cosí come Montale fa presagire la rima che non usa, la Ginzburg fa continuamente presagire gli intrecci che evita. Una commedia come questa, dove «non accade nulla», è in realtà un succedersi tumultuoso di accadimenti che non si fan mai vivi. Se questo non è teatro d'azione, che cos'è mai l'azione in teatro?

E se questo «significa niente» che cosa mai vorrà dire navigare verso dei significati?

Mi chiedo perché mai Domenico Scarpa abbia scelto un titolo tanto apparentemente sproporzionato e impegnativo per il saggio che chiude la sua edizione di tutto il teatro della Ginzburg: *Apocalypsis cum figuris*. Pensa a Dürer, naturalmente, e forse ancor piú naturalmente allo spettacolo di Grotowski che pensava a Dürer. In conclusione parla della disappartenenza, dell'erraticità, dello stile, della noia, delle commedie della Ginzburg come commedie sul nostro futuro, dopo la riattivazione del passato in *Lessico famigliare*.

Ma che cosa ci sta dicendo? O meglio: che cosa ci stava dicendo, cinque anni fa? Era l'ottavo lustro dopo la fragile commedia che abbiamo ancora fra le mani. Ora siamo nel nono. Voleva dire che c'è una luce malgrado tutto? Voleva sottolineare il *malgrado tutto*? Voleva accennare allo spengimento del lume?

Torniamo dunque, per finire, alla frizione fra le nostre due preposizioni.

Nei primi tempi, a metà degli anni Sessanta (secolo scorso), quando si parlava di quella commedia del tutto inattesa di Natalia

Ginzburg, c'era sempre qualcuno che ne storpiava il titolo chiamandola «*Ti ho sposato con allegria*». E sempre qualcuno era lí pronto a fastidiare e correggere: «*per*, non *con*! *Ti ho sposato per allegria*». L'errore era piú interessante della correzione.

La naturale deriva del parlato porta a dire *con*. Bastano pochi clic per scorrere i repertori dell'italiano corrente, e basta uno sguardo sommario per accorgersi che le occorrenze di «*per allegria*» in concomitanza con verbi che indichino un'azione diversa dall'ovvio «ridere» o magari danzare, e invece, per esempio, mangiare discutere raccontare votare pregare pagare accumulare consumare – o accoppiarsi, si vede subito che quelle occorrenze non solo sono poche, ma le poche quasi sempre legate all'eco del titolo di questa commedia, divenuto quasi un modo di dire. È piú d'un'impressione.

Le ragazze randagie che popolano le commedie della Ginzburg (ma non solo le ragazze a ben guardare, non solo i personaggi femminili) sono grumi andanti di dolore in cui vibra per forza propria l'allegrezza o alacrità della vita. Ma certo: Čechov. Forse ci domandiamo: non è che per caso – a nove lustri dalla comparsa di questa commedia da cui senza una ragione al mondo zampilla una sorta d'allegria allo stato puro – non è che per caso il fermentare della vita sul corpo del dolore comincia a sembrarci un po' meno allegro? Cominciamo ad amarlo un po' meno? Non è che comincia a farci anche un po' ribrezzo, o forse soltanto paura?

Ma poi, in fondo, ci sarebbe forse qualche differenza?

FERDINANDO TAVIANI

TI HO SPOSATO PER ALLEGRIA

Commedia in tre atti

Personaggi

Pietro
Giuliana, moglie di Pietro
Vittoria, donna di servizio
Madre di Pietro
Ginestra, sorella di Pietro

ATTO PRIMO

PIETRO Il mio cappello dov'è?

GIULIANA Hai un cappello?

PIETRO L'avevo. Adesso non lo trovo piú.

GIULIANA Io non me lo ricordo questo cappello.

PIETRO Forse non te lo puoi ricordare. Non lo metto da molto tempo. Noi è solo un mese che ci conosciamo.

GIULIANA Non dire cosí, «un mese che ci conosciamo» come se io non fossi tua moglie.

PIETRO Sei mia moglie da una settimana. In questa settimana, e in tutto il mese passato, non ho mai messo il cappello. Lo metto solo quando piove forte, oppure quando vado ai funerali. Oggi piove, e devo andare a un funerale. È un cappello marrone, moscio. Un buon cappello.

GIULIANA Forse l'avrai a casa di tua madre.

PIETRO Forse. Tu non è che l'hai visto per caso, in mezzo a tutta la mia roba, un cappello?

GIULIANA No. Però tutta la tua roba l'ho fatta mettere in naftalina. Può darsi che ci fosse anche questo cappello. Vai a un funerale? chi è morto?

PIETRO È morto uno. Da quanti giorni l'abbiamo, Vittoria?

GIULIANA Da mercoledí. Tre giorni.

PIETRO E tu subito le hai fatto riporre in naftalina la nostra roba da inverno?

GIULIANA La tua. Io di roba da inverno non ne ho. Ho una gonna, una maglia, e l'impermeabile.

PIETRO Hai fatto mettere in naftalina tutta la mia roba da inverno? Subito?

GIULIANA Subito.

PIETRO Geniale. Genialissimo. Però ora facciamo pescar fuori il mio cappello. Devo andare a questo funerale. Con mia madre.

GIULIANA Dimmi chi è morto.

PIETRO È morto uno che si chiamava Lamberto Genova. Era un amico dei miei. È morto l'altro ieri, di una trombosi alle coronarie, all'improvviso, nella stanza da bagno, mentre si faceva la barba.

GIULIANA Lamberto Genova? io lo conoscevo. Lo conoscevo benissimo. È morto?

PIETRO Sí.

GIULIANA Nella stanza da bagno! Lamberto Genova! Io lo conoscevo, ti dico! Lo conoscevo benissimo! Una volta mi ha anche prestato dei soldi.

PIETRO Impossibile. Era un uomo cosí avaro.

GIULIANA Però mi ha prestato dei soldi. Era molto innamorato di me.

PIETRO Vittoria! Guardi se riesce a trovare un cappello! un cappello marrone, moscio, tutto peloso! La signora dice che forse l'ha messo in naftalina.

VITTORIA (*entrando*) Allora sarà nell'armadio delle quattro stagioni.

PIETRO Cos'è l'armadio delle quattro stagioni?

GIULIANA È l'armadio, nel corridoio. È in quattro scomparti. Vittoria dice che si chiama cosí.

VITTORIA Però ci vuole la scala. Devo andarla a prendere in cantina. È in alto, la roba da inverno, e io solo con la seggiola non ci arrivo.

PIETRO Possibile che sia cosí difficile riavere il proprio cappello?

Vittoria via.

GIULIANA Lo sai quando l'ho visto l'ultima volta?

PIETRO Ma tu forse non l'hai mai visto!

GIULIANA Non dicevo del cappello. Dicevo di Lamberto

Genova. Lo sai quando è stato che l'ho visto, Lamberto Genova, per l'ultima volta?

PIETRO Quando?

GIULIANA Pochi giorni prima d'incontrarti. Gennaio, era. Io me ne andavo in giro nella pioggia, e avevo una grandissima voglia di morire. Camminavo sul ponte e progettavo di buttarmi nel fiume, e pensavo che avrei lasciato l'impermeabile sul parapetto del ponte, con una lettera in tasca per la mia amica Elena, in modo che l'impermeabile lo dessero a lei. Difatti è un bell'impermeabilino e mi dispiaceva che andasse perso.

VITTORIA (*tornando*) Ecco il suo cappello. (*Via*).

PIETRO Accidenti, come puzza di naftalina (*lo mette in testa*).

GIULIANA Allora lo vedo, Lamberto Genova, venire avanti sul ponte, piccolo piccolo, con quelle sue guancione gonfie, quel suo sorriso...

PIETRO No. Il tuo Lamberto Genova non era quello che conoscevo io.

GIULIANA Perché, quello che conoscevi tu non era piccolo, con due guancione?

PIETRO No.

GIULIANA Il mio invece era piccolo, coi capelli tutti bianchi, due guancione... Allora, sai, ti dicevo, quella mattina, ho pensato appena l'ho visto: «Accidenti, gli devo dei soldi», e ho pensato: «Speriamo che mi inviti a pranzo» e poi ho ancora pensato: «Per adesso non mi ammazzo piú». Difatti mi ha portato a pranzo. Sai dove?

PIETRO Dove?

GIULIANA Alle Grotte del Piccione. E intanto che mangiavo pensavo: «Questo qui è molto innamorato di me, e io magari me lo sposo, cosí lui mi paga tutti i miei debiti, e sto tranquilla, al caldo, con questo vecchietto, decoroso, buono, tranquillo, sarà come un padre per me». Cosí pensavo.

PIETRO Il mio Lamberto Genova aveva moglie e figli.

GIULIANA Anche il mio aveva moglie e figli. Ma forse era disposto a divorziare.

PIETRO In Italia non c'è il divorzio.

GIULIANA Sarebbe andato all'estero. Era tanto innamorato di me. Diceva che non aveva mai provato un'attrazione così forte per una donna.

PIETRO E poi?

GIULIANA Poi cosa?

PIETRO Poi? dopo le Grotte del Piccione?

GIULIANA Poi niente. Poi mi ha accompagnato a casa con la sua macchina. Gli ho detto se mi aiutava a trovare un lavoro. Lui allora ha detto che mi avrebbe presentato a una sua amica, una marchesa che aveva una grande casa di mode, e cercava forse una *vendeuse*.

PIETRO Il mio Lamberto Genova era un medico. Non aveva amiche con case di mode, assolutamente no, era molto occupato e non aveva tempo da perdere con ragazze. Era una persona molto seria, un professionista molto stimato, era amico dei miei, e insomma, non era quello che dici tu. Adesso devo andarmene, perché mia madre mi aspetta. Dobbiamo andare a questo funerale.

GIULIANA Che allegria, andare a un funerale con tua madre.

PIETRO Perché di mia madre parli sempre con un tono sfottente?

GIULIANA No, dicevo solo che allegria, andare a un funerale in compagnia di quella allegrona di tua madre.

PIETRO Puoi lasciare in pace mia madre, per piacere?

GIULIANA Non vuoi sapere se sono poi andata da quell'amica del mio Lamberto Genova, per quel lavoro?

PIETRO Dimmelo, ma sbrigati, perché sono in ritardo.

GIULIANA Non ci sono andata, perché poi ho incontrato te. Ma ero disposta a sposare chiunque, hai capito, quando ti ho incontrato. Anche Lamberto Genova, con le sue guancione gonfie gonfie, quegli occhi da gufo. Chiunque. Ero disposta a tutto.

PIETRO Me l'hai detto.

GIULIANA A tutto. Volevo uscire da quella situazione. O bere o affogare.

PIETRO Capito.

GIULIANA Cosí ti ho sposato. *Anche* per i soldi. Hai capito?

PIETRO Sí.

GIULIANA E tu mi hai sposato *anche* per pietà. È vero che mi hai sposato *anche* per pietà?

PIETRO Vero. (*Esce*).

GIULIANA (*gli grida dietro*) Perciò il nostro matrimonio è una cosa niente solida!

VITTORIA (*entrando*) Cosa faccio da pranzo?

GIULIANA Melanzane alla parmigiana.

VITTORIA Anche oggi?

GIULIANA Sí. Anche oggi. Perché?

VITTORIA Sono tre giorni che son qui, e abbiamo sempre fatto melanzane alla parmigiana. Lei non si alza?

GIULIANA Per adesso no.

VITTORIA L'avvocato ritorna tardi?

GIULIANA Non lo so. È andato a un funerale.

VITTORIA È morto qualcuno?

GIULIANA È morto uno che si chiamava Lamberto Genova. Lo conoscevo anch'io, ma forse quello che io conoscevo non si chiamava Lamberto, forse si chiamava Adalberto, non mi ricordo bene... Io non ho memoria per i nomi. Hai memoria, tu?

VITTORIA Io sí. Io ho una memoria incredibile. Quando andavo a scuola, imparavo tutto subito, i fiumi, le capitali, le guerre, tutto, tutto. La maestra diceva: Sentiamo Vittoria, quella che sa cosí bene le capitali. Mi sarebbe piaciuto continuare a studiare. Ma ho fatto fino alla quarta elementare, poi ho dovuto andare a lavorare in campagna. Eravamo nove fratelli.

GIULIANA Invece a me studiare non mi è mai piaciuto, e mia madre voleva che diventassi maestra, ma io volevo fare o l'attrice, o la ballerina. Cosí, a diciassette anni sono scappata di casa.

VITTORIA È scappata? e non c'è ritornata mai piú?

GIULIANA Ci ritorno ogni tanto, ma di rado. Non vado d'accordo con mia madre. Appena insieme, cominciamo subito a litigare. L'ho delusa, perché non sono diventata né maestra, né attrice, né ballerina.

VITTORIA Però adesso che si è sposata, sarà contenta sua madre?

GIULIANA Le ho scritto che mi sposavo. M'ha risposto che stessi attenta, perché girano tanti farabutti. È molto pessimista mia madre.

VITTORIA Ma non è andata a fargli conoscere l'avvocato?

GIULIANA Ancora no. Le ho mandato dei soldi. Ma sai, ho una gran paura che non li spenda mia madre, quei soldi che le ho mandato. Ho paura che li abbia messi ai Buoni Fruttiferi. Per me. Per il giorno che io ne abbia bisogno. Ha sempre avuto la mania di mettere i soldi ai Buoni Fruttiferi, appena riusciva a risparmiare qualcosa.

VITTORIA Girano tanti farabutti, è vero, ha ragione sua madre. Io sono stata fidanzata tre volte, e tutte e tre le volte m'è andata male, perché non erano persone per bene, e mia madre non era tanto contenta. Io sapesse come l'ascolto mia madre. Io per mia madre potrei buttarmi nel fuoco.

GIULIANA Dov'è casa tua?

VITTORIA Casa mia è a Fara Sabina. Un giorno la porto là con me. Le piace il maiale? Quest'anno abbiamo un maiale cosí bello, che ce lo invidiano tutti. Ma adesso mi lasci fare i lavori. Mi tiene qui a discorrere, e io poi mi trovo indietro.

GIULIANA Non puoi stare a discorrere ancora un poco? Tanto la casa è pulita, l'hai pulita ieri. Sai, io non avevo mai avuto una donna di servizio. Tu sei la prima che ho. Trovo che una donna di servizio, in una casa, è una grande comodità.

VITTORIA Ha scoperto l'America!

GIULIANA Proprio una grandissima comodità.

VITTORIA Non l'avevano, la donna di servizio, a casa sua da sua madre?

GIULIANA Neanche per sogno.

VITTORIA Io poi, faccio bene tutti i lavori. Non so come faccio a fare tutto cosí bene. Nelle case dove sono stata, quando me ne sono andata via, mi hanno sempre pianta.

GIULIANA Mia madre vive in Romagna, in un paese che si chiama Pieve di Montesecco. Io sono nata lí. È una casetta piccola, buia, umida, e mia madre l'ha riempita tutta di mobili, che dentro non ci si muove. Dormivo, io con mia madre, in un lettone enorme, sotto una trapunta gialla. Mia madre fa la pantalonaia.

VITTORIA La pantalonaia? sua madre?

GIULIANA Sí.

VITTORIA Ma allora lei è una quasi come me! di nascita, lei è una povera!

GIULIANA Solo che noi non avevamo il maiale. Non avevamo nemmeno una gallina o un coniglio. Non avevamo niente di niente. Facevamo una gran miseria, e mia madre ogni tanto attraversava il paese e andava a chiedere un po' di soldi a mio padre, che aveva una drogheria. Mio padre stava con un'altra donna, e aveva, con questa donna, un mucchio di bambini. Cosí di soldi ne aveva pochi anche lui. Litigavano, lui e mia madre, nella drogheria, e c'erano là tutti quei bambini di mio padre spaventati, e quell'altra donna, magra, alta come una stanga, con una gran tignazza di capelli neri crespi, che anche lei si metteva a gridare contro mia madre, e agitava certe braccia lunghe, lunghe... Mia madre se ne andava via tutta infuriata, piccola piccola, storta, con l'ombrello infilato sotto il braccio, con la borsa piena di caffè e di zucchero, perché pasta e zucchero e caffè gliene dava mio padre, ma lei voleva anche un po' di soldi. Tornava a casa, ancora tutta arrabbiata, rossa, e si metteva a trafficare per casa, piccola piccola, con una vestaglietta giapponese che le aveva regalato mio padre quando ancora stavano insieme... cucinava certe minestrine di semola al latte, perché mio padre gliene dava sempre tanta di semola, e poi certi intrugli, certe composte di prugne e di mele, e tutte le cose che aveva cucinato e che avanzavano, le metteva in tanti pentolini e tazzine sul davanzale della finestra. Sempre ha sul davanzale della finestra una fila di pentolini. E poi ha anche la mania dei giornali vecchi, conserva tutti i giornali, ne ha un mucchio sotto il letto, sotto i tavoli, e le pagine e le fotografie che le piacciono le ritaglia e le appiccica sulle pareti. A capo del letto ha tutti i ritagli di giornale con le fotografie di Pierino Gamba, il fanciullo prodigio direttore d'orchestra. Io, a diciassette anni, sono scappata. Mi ha dato i soldi mio padre.

VITTORIA E allora?

GIULIANA Allora, sono scappata, e sono venuta qui a Roma, dalla mia amica Elena, che faceva la commessa in una cartoleria. Sono scappata perché volevo diventare un'attrice, oppure una ballerina. E poi perché non volevo piú vedere tutti quei pentolini e quei giornali. E mia madre, quando ha visto che ero scappata, è corsa da mio padre, a dirgli che doveva corrermi dietro. E mio padre le ha detto che neanche se lo sognava, e che io magari facevo fortuna, magari diventavo davvero un'attrice famosa, e li mantenevo tutti, lui, mia madre, quell'altra donna che lui aveva e i loro bambini. E mia madre se n'è tornata a casa, e dev'essersi consolata a pensare che io diventavo forse come Pierino Gamba, o come Greta Garbo.

VITTORIA E intanto lei?

GIULIANA E intanto io ero qui, e i primi tempi mi sentivo felice, perché non stavo piú a Pieve di Montesecco, ma stavo invece a Roma, nella stanza che Elena aveva a Campo dei Fiori. Non sapevo come fare a diventare un'attrice, ma pensavo che bastava che io camminassi per la strada perché qualcuno mi fermasse e dicesse: Ma lei è proprio quella che io cerco per il mio film! Cosí in principio non facevo niente, gironzolavo per le strade e aspettavo, e consumavo i soldi che m'aveva dato mio padre. Poi sono entrata anch'io nella cartoleria. Poi un giorno ho rovesciato un bottiglione d'inchiostro sul vestito d'una cliente. Non l'ho fatto apposta, pesava molto e m'è scivolato di mano. Come s'è arrabbiata la padrona della cartoleria! Mi ha subito licenziato.

VITTORIA Lo credo!

GIULIANA Non è stata colpa mia, ero in piedi su una scaletta, la signora era proprio lí sotto, il bottiglione era mal tappato e tutto l'inchiostro è colato sul vestito della signora. Abbiamo provato a levar le macchie col latte, ma è stato inutile. Com'era arrabbiata questa signora e com'erano arrabbiati tutti! Mi hanno licenziata. Per un poco sono stata senza lavoro, poi mi ha presa uno che aveva un negozio di dischi, uno che si chiamava Paoluccio. Era molto innamorato di me.

VITTORIA E lei?

GIULIANA Io no. Nel negozio dei dischi è successo che ho conosciuto una persona. Era uno che veniva sempre a sentire i dischi. Aveva dei baffi neri, lunghi, e una faccia pallida, con degli occhi neri tristi, tristi. Non rideva mai.

VITTORIA Mai?

GIULIANA Mai. Aveva un golfone nero, con dei bordi di camoscio anche neri. Un golfone bellissimo. Io credo che per prima cosa mi sono innamorata di quel golfone.

VITTORIA E poi?

GIULIANA Poi mi sono innamorata di lui. Si chiamava Manolo. E la Elena mi diceva: No, no, non innamorarti di quello lí! Non mi piace! è cosí nero, cosí nero, sembra il Cavaliere Nero! E io dicevo: E chi è il Cavaliere Nero? E lei diceva: Non so.

VITTORIA E allora?

GIULIANA Allora questo Manolo stava sempre seduto in una poltrona, nel negozio dei dischi, e ascoltava la musica e fumava la pipa, e girava intorno i suoi occhi neri cosí tristi, cosí tristi. E poi una volta mi ha portato a casa sua. Aveva un appartamento in via Giulia. Stava solo, con un gatto.

VITTORIA Nero?

GIULIANA Bianco. Un gatto bianco, grosso come una pecora, con una coda che non finiva mai. Non abbiamo mica fatto l'amore quella volta. Mi ha fatto il tè. E poi è rimasto là col gatto in braccio, a carezzarlo, a guardarmi con quel suo viso cosí triste... E io ero seduta sul tappeto, e lo amavo, e mi struggevo dalla malinconia. E lui mi ha detto che non poteva piú amare. Perché pensava sempre a sua moglie, che l'aveva lasciato. Sua moglie si chiamava Topazia.

VITTORIA E perché l'aveva lasciato?

GIULIANA Perché era una donna inquieta, complicata, che si stancava subito degli uomini, e appena ne aveva uno ne voleva subito un altro. Cosí lui mi ha detto. E mi ha detto che ogni tanto questa Topazia ricompariva lí da lui, stanca, sciupata, disperata, si faceva due uova al tegame, faceva il bagno, e poi di nuovo spariva. Fuggiva in automobile. Aveva la mania degli automobili. Cambiava sempre automobile. E correva, in automobile, come una pazza, e lui aveva sempre paura che potesse ammazzarsi.

VITTORIA Che strane persone!

GIULIANA Invece lui gli automobili non li poteva soffrire. Era molto ricco, era ricchissimo, perché i suoi avevano delle terre. Ma i soldi non gli piacevano, e gli piaceva vivere da povero, in quel piccolo appartamento, che teneva in ordine da sé. Scriveva. Era uno scrittore. Aveva pubblicato due romanzi e un libro di versi. Il libro di versi era intitolato: *La salamandra inutile*. I romanzi, uno si chiamava: *Primavera col marinaio*. L'altro si chiamava: *Portami via Gesú*.

VITTORIA Portami via Gesú?

GIULIANA Ho provato a leggerli. Ma non ci capivo una parola. Li ho dati anche alla Elena, e anche lei non ci capiva niente. E sempre mi diceva: No, no, quello lí non mi piace! La Elena ha un naso lungo lungo e grande, e quando c'è qualcosa che non le va, questo naso diventa ancora piú lungo, e piú grande, e si accartoccia tutto. Accartocciandosi non diventa piú corto, diventa ancora piú grande e piú lungo, una cosa strana. Diceva: No, no, non mi piace! Non mi piace quello lí! Non fa nemmeno l'amore, forse non può, forse non è un uomo! Ti sei messa in un brutto pasticcio! Portami via Gesú!

VITTORIA E lei?

GIULIANA Perché in principio davvero non facevamo nemmeno l'amore. Per un poco siamo andati avanti cosí. Io lo andavo a trovare, la sera, mi sedevo lí sul tappeto, lui carezzava il gatto, ascoltava dischi, beveva il tè. E diceva come era triste non potermi amare. E io mi sentivo consumare dalla malinconia.

VITTORIA E poi?

GIULIANA Poi mi ha detto di andare a stare da lui. E la Elena era disperata. Ma io non mi sognavo nemmeno di potergli dire di no. Cosí sono andata a stare con lui, e allora, finalmente, abbiamo fatto l'amore. E la mattina mi diceva di non alzarmi, che era inutile alzarsi, e cosí ho smesso di andare al negozio, e ho perso il posto.

VITTORIA E lui diceva che adesso l'amava?

GIULIANA No. Sempre diceva che non mi amava. Mi parlava sempre di sua moglie Topazia. Com'era intelligente, e com'era bella, e come aveva stile. Io, invece, non avevo nessuno stile. E io mi sentivo infelice. Non ero mai stata infelice, nella mia vita, era la prima volta. Quando stavo con mia madre, a Pieve di Montesecco, non ero infelice. Ero stufa, ma non infelice. E adesso invece ero infelicissima. E avevo perduto tutti i miei amici, la Elena non la vedevo quasi mai e quando la vedevo mi maltrattava, mi diceva che mi rovinavo la vita, e Paoluccio, quello del negozio dei dischi, anche lui non lo vedevo piú. Stavo tutto il giorno a letto, oppure seduta sul tappeto, a carezzare il gatto, e a pensare... Avevo imparato a pensare. Ero diventata un'altra persona.

VITTORIA E intanto lui?

GIULIANA E intanto lui stava davanti alla macchina da scrivere, e batteva, ogni tanto, una parola. Poi metteva un disco. Certe musiche tristi, tristi... Il pranzo, qualche volta lo facevamo venire dalla trattoria di sotto, ma qualche volta cucinava lui. Le pulizie di casa, le faceva lui. Era bravo come una donna, nelle pulizie di casa.

VITTORIA Stirava, anche?

GIULIANA Stirava, e attaccava i bottoni, tutto, tutto. Stando solo, aveva imparato. Qualche volta io pensavo:

«Chissà se mi sposerà?» Ma era un pensiero vago, confuso, e non osavo parlarne, lo mettevo via subito, lo inghiottivo, come si inghiotte un boccone rubato. Per sposarmi, avrebbe dovuto divorziare. All'estero.

VITTORIA Bambini, con Topazia, non ne aveva?

GIULIANA No. Ma figurati se era il caso di chiedergli se mi sposava. Non se ne parlava neanche. Non mi amava, ti dico. Mi trovava senza stile. E io, dal dispiacere di essere senza stile, mi struggevo, mi consumavo come una candela, ero diventata brutta, magra, pallida. E sognavo sempre pipistrelli e serpenti. E gli chiedevo, al mattino: Ma perché sogno sempre pipistrelli e serpenti?

VITTORIA E lui?

GIULIANA Lui niente. Lui alzava le spalle. Non gliene importava di me. Non gli andava mai bene niente delle cose che dicevo. Trovava sempre che dicevo banalità.

VITTORIA Ma perché rimaneva con lui se la trattava cosí?

GIULIANA Perché non mi potevo staccare da lui. Non mi potevo muovere. Ero stregata. E poi non è che mi trattasse male, qualche volta era buono con me, solo aveva un'indifferenza, un'indifferenza... Erano piú di tre mesi che stavo con lui, e mi sono accorta che aspettavo un bambino.

VITTORIA Oh! e allora?

GIULIANA E allora gliel'ho detto, e lui ha detto che mi sbagliavo, che non era possibile. L'ha detto cosí convinto, che anch'io mi son messa a pensare che era impossibile e che mi ero sbagliata. E una mattina, mi sveglio, e lui non c'è piú. Lo cerco dappertutto, e non c'è. E trovo, sul tavolo di cucina, una lettera. Diceva che se ne andava per un poco dai suoi. Non lasciava indirizzo. Diceva di non aspettarlo, perché non sapeva quando tornava. Diceva di restare pure ancora un poco nell'appartamento, se volevo, ma solo fino a settembre, perché dopo, lui l'aveva dato in subaffitto a certi americani. Io non ne sapevo niente di questi americani. Non me ne aveva parlato mai.

VITTORIA E lei? allora lei come ha fatto?

GIULIANA Mi aveva messo un po' di soldi, nel cassetto della credenza. Mica tanti. Trentamila lire.

VITTORIA Poco.

GIULIANA Sí. Io ho cominciato a piangere, e ho pianto non so quanto tempo, avrò pianto per due o tre giorni, senza mangiare e senza dormire. Ogni tanto andavo in bagno, e mi lavavo la faccia con l'acqua fredda. Poi tornavo sul letto, e mi rimettevo a piangere. Il bambino, adesso ero sicura che l'avevo, perché ogni volta che accendevo una sigaretta mi prendeva una nausea! Non avevo nessuno con cui piangere, dovevo piangere sola. La Elena era via, in ferie, perché era estate, era la fine di luglio. Paoluccio, quello dei dischi, ho provato a telefonargli, e non rispondeva. Non avevo nessun altro che il gatto. Il gatto, Manolo non se l'era portato via. Cosí, passavo le ore a carezzare la coda al gatto, piangendo, e lui miagolava... Era un gatto molto affettuoso. Sembrava che volesse consolarmi, quando miagolava.

VITTORIA E allora?

GIULIANA Allora niente, a un bel momento ho smesso di piangere, e sono uscita a comprare un po' da mangiare, per il gatto e per me. Son passati degli altri giorni e io camminavo molto, giravo le strade sotto il sole, perché speravo che se camminavo e mi stancavo, mi andava per aria il bambino. Ma i giorni passavano e il bambino l'avevo sempre. E un giorno, rientravo con una sporta piena di pesche, perché non mi andava di mangiar niente, solo pesche. E vedo, nel cortile, una ragazza che lava un'automobile con una spugna. L'automobile era molto sporca, e anche la ragazza era sporca, con dei calzoncini corti bianchi, tutti sporchi, e una maglietta sudata. E la ragazza mi guarda, e io la guardo, e niente, io salgo su in casa, e dopo un poco sento girare la chiave, e mi vedo davanti la ragazza sporca. E le chiedo: Scusi, chi è lei? E la ragazza dice: Non c'è il signor Manolo Pierfederici? E io dico: No, perché? Lei chi è? E la ragazza dice: Io sono sua moglie. E io dico: Topazia! e rimango di sasso.

VITTORIA Era Topazia!

GIULIANA Sí. Se tu sapessi quanto ci avevo pensato, a questa Topazia, quanto avevo cercato di immaginarmela! Ed era cosí! Una ragazzotta sporca, con delle gambe grosse, gli occhi celesti, i capelli biondi sparsi sul collo, una maglietta a righe molto sudata. Mi ha detto: Le dispiace se faccio il bagno?

VITTORIA E allora?

GIULIANA Allora io le ho detto: Non vuole anche due uova al tegame? E lei si è messa a ridere, e ha detto: Perché no? Ma prima faccio il bagno. E ha fatto il bagno, e dopo è venuta fuori con l'accappatoio di Manolo, e si è seduta sul tappeto in salotto, vicino a me. E allora le ho raccontato tutto. A un'altra, a quella Topazia che mi ero immaginata, cosí bella, sprezzante, superba, non avrei raccontato niente. Ma a questa qui, a questa ragazzotta, mi veniva di raccontare tutto, come faccio adesso con te. E le ho detto: Ma lei perché l'ha piantato? E lei ha detto: Io l'ho piantato? Col cavolo che l'ho piantato! È lui che ha piantato me. Hai capito? Parlava cosí. Non aveva nessuno stile.

VITTORIA Non aveva stile?

GIULIANA Per niente. E mi ha detto: M'ha piantato, poco dopo che eravamo sposati. Diceva che non mi poteva amare. Io in principio mi sono disperata, ma poi mi sono rassegnata, e mi son trovata un'occupazione. Faccio la fotografa. Giro in automobile, e faccio delle fotografie per un settimanale. Qualche volta, càpito qui. Mi riposo un po', faccio il bagno, e se c'è lui chiacchieriamo, perché siamo rimasti amici, non gli serbo rancore. È un uomo che non gli vanno tanto bene le donne. Cosí ha detto, e io mi sentivo sollevata, liberata, leggera, perché in tutti quei mesi mi era cresciuta dentro un'angoscia terribile, avevo pensato che lui non mi amava perché ero stupida, banale, volgare, e perché non avevo stile. Gliel'ho detto a Topazia, e lei si è messa a ridere, e mi ha detto: Anche a te ti diceva che non avevi stile? me lo diceva sempre anche a me. Allora come ho riso! come abbiamo riso tutte e due!

VITTORIA E poi?

GIULIANA Poi ci siamo fatte le uova al tegame, abbiamo mangiato tutte le pesche, e siamo andate a dormire. E prima di dormire Topazia mi ha detto: Domani pensiamo, col bambino, cosa puoi fare. Se vuoi tenerlo, ti aiuterò io a tirarlo su, perché io tanto ho l'utero retroflesso, e non posso avere bambini. E io nell'addormentarmi pensavo: «Sí sí, lo tengo questo bambino! Lavorerò! Topazia mi aiuterà a trovare un lavoro! Farò anch'io la fotografa!» Ma al mattino, quando mi sveglio, mi metto a piangere e dico: No, Topazia, no! io non mi sento di averlo questo bambino! Non ho casa, non ho lavoro, non ho soldi, non ho niente! E lei ha detto: Bene. E mi ha portato da un medico ungherese, suo amico, e questo qui mi ha fatto abortire.

VITTORIA E poi?

GIULIANA Poi, sono stata qualche giorno a letto, e Topazia mi curava. E quando sono stata bene, andavo in giro con lei per la città, e l'aspettavo nell'automobile, quando aveva i suoi appuntamenti di lavoro. Era una molto attiva, Topazia, faceva un mucchio di cose, nelle ore perse prendeva lezioni di russo, di solfeggio, di canottaggio, non ti dico quante cose faceva. Andava anche a nuotare in piscina. Io, quando andavo con lei in piscina, mi bagnavo solo fino alla vita, perché non so nuotare, e ho paura. Poi l'aspettavo, al sole, su una sdraia. Con lei come mi divertivo! Mi faceva stare cosí allegra! Non avevo mai avuto un'amica, a parte la Elena. I momenti che stavo sola, sulla sdraia, in piscina, mentre Topazia nuotava, pensavo qualcosa, e intanto mi dicevo: «Questa cosa che adesso ho pensato, bisogna che me la ricordi, perché tra poco viene Topazia e gliela racconto». Ed eccola venire avanti, Topazia, coi capelli tutti inzuppati, perché nuotava sempre senza cuffia, e il suo bikini celeste scolorito, le sue gambe grosse. A parte le gambe, aveva un bel corpo. Però non aveva nessuno stile.

VITTORIA Ma cosa vuol dire non avere stile?

GIULIANA Vuol dire non avere stile. Essere alla buona, essere come viene viene. Insomma io con Topazia stavo bene e mi divertivo come con nessun altro. Mi sembrava tutto facile, con lei. Sdrammatizzava. Era una che sapeva sdrammatizzare. E invece poi è tornata la Elena, e le ho raccontato tutto, e si è messa a piangere. La Elena non sa sdrammatizzare. Piange molto, la Elena, è una che piange, e ha quel naso lungo lungo che quando piange diventa ancora piú lungo, tutto chiazzato e bagnato, e mi faceva venire i nervi con tutto quel piangere. Diceva: Lo sapevo, lo sapevo! lo sapevo che andava a finire cosí! E come farai con un bambino? E io dicevo: Ma se ho abortito! Lei diceva: Sí, hai abortito, va bene, ma un'altra volta che ti succede come farai? Come farai, portami via Gesú! E io, con la Elena, non mi divertivo. E glielo dicevo. Le dicevo: Non mi diverto piú con te! Mi diverto solo con Topazia! E lei di Topazia era molto gelosa. E diceva: Sei diventata cattiva! sei anche diventata cattiva! Poi Topazia è partita. Doveva andare, per il suo settimanale, in America. Cosí io sono tornata a stare dalla Elena. Volevo portarmi via il gatto di Manolo, ma la Elena non lo voleva, perché diceva che di Manolo in casa sua non voleva niente, nemmeno il gatto, cosí l'ho dato alla portinaia. E poi è cominciato un periodo bruttissimo, perché Topazia non c'era piú, non avevo lavoro, e la Elena col suo naso lungo a piangere su di me, e a dirmi che forse facevo bene a tornare a Pieve di Montesecco, sennò cascavo in un altro brutto pasticcio con qualche tipo di depravato, e io a girare le strade e ad aspettare che mi succedesse qualcosa. Topazia m'aveva lasciato un po' di soldi, e anche una lettera per un suo amico antiquario, ma questo qui non mi ha presa nel suo negozio perché aveva già una commessa, e Paoluccio al suo negozio dei dischi anche lui adesso aveva un'altra. E io intanto a poco a poco mi disinnamoravo di Manolo ma disinnamorarsi è bruttissimo, tutti gli uomini ti sembrano scemi, non sai dove si sono ficcati quelli che si possono amare. Allora poi un giorno ho incontrato un amico di Topazia, un fotografo, e mi ha portato a una festa. Era una festa in una casa di via Margutta, una casa piena di scale e scalette, e coi soffitti a mansarda. C'era un mucchio di gente, tutti seduti su quelle scalette, e si mangiava il cotechino con le lenticchie, e si beveva vino rosso, e si ballava. E io ero un po' sperduta, perché, salvo quel fotografo, non conoscevo nessuno. Però, dopo che ho bevuto un po' di vino, non mi sono piú sentita sperduta, e sono diventata allegra. E lí, a quella festa, ho incontrato Pietro. Era seduto sul primo scalino e chiacchierava con una ragazza con dei calzoni arancione, che ho poi saputo che era sua cugina. E alla fine io ero completamente ubriaca, non trovavo piú il fotografo, e ballavo sola con le scarpe in mano. E mi girava la testa, e sono caduta proprio vicino a quei calzoni arancione. E ho detto: Si ricordi che coi calzoni, non si portano i tacchi alti! E si ricordi che farsi fare quei calzoni di quel colore, è stata proprio una cattivissima idea! Lei non ha nessuno stile! E quella lí rideva, rideva... Io sono svenuta.

VITTORIA È svenuta?

GIULIANA Non svenuta, insomma, non ho capito piú niente, era il vino. E mi sono ritrovata su un letto, nella stanza dei padroni di casa, un pittore molto gentile, con sua moglie. E Pietro mi teneva la testa, e mi faceva bere del caffè. Ho chiesto subito se avevo vomitato. Mi sarebbe dispiaciuto d'avere vomitato davanti a quelle persone cosí gentili. Mi hanno detto di no. La ragazza coi calzoni arancione mi faceva vento con un giornale. E poi Pietro mi ha riaccompagnato a casa. Non ero piú niente ubriaca, ero un po' mortificata, e triste. Lui è salito su con me.

VITTORIA Su dalla Elena?

GIULIANA Sí, ma la Elena in quei giorni non c'era, perché era da una sua parente, che aveva avuto un'operazione allo stomaco. Pietro è rimasto là. Gli ho raccontato tutto. Poi al mattino, è andato a fare il bagno a casa sua da sua madre, perché da noi, lo scaldabagno era guasto. E io pensavo: «Non tornerà piú». Invece dopo qualche ora è tornato, con una sacca del supermercato, piena di roba da mangiare. E abbiamo abitato insieme per dieci giorni, fino a quando è ritornata la Elena. E in quei dieci giorni, io ogni tanto gli chiedevo: Trovi che ho stile? E lui diceva: No. Anche lui trovava che non avevo stile. Però a me, con lui, non me ne importava. Gli dicevo tutto quello che mi veniva in mente. Non stavo mai zitta. E lui ogni tanto diceva: Però non stai mai zitta un minuto. Io ho la testa come un paniere!

VITTORIA Certo che lei fa proprio venir la testa come un paniere.

GIULIANA E poi, quando stava per tornare la Elena, gli ho detto: Peccato, adesso non potrai piú stare qui, torna quella noiosa della Elena, che del resto la casa è sua. E lui ha detto: Sí, peccato. E io gli ho detto: Sposami. Perché se non mi sposi tu, chi mi sposa?

VITTORIA E lui?

GIULIANA E lui ha detto: È vero. E m'ha sposata.

VITTORIA Ma si può dire che lei ha avuto una fortuna incredibile! Dopo averne viste tante, ha avuto proprio una bella fortuna!

GIULIANA Ancora non lo so se è stata una fortuna.

VITTORIA Non è stata una fortuna? Sposarsi con un avvocato bello, giovane, con tanti soldi, lei povera? lei che non sapeva come fare a tirare avanti?

GIULIANA Già, non sapevo. Ero piena di debiti. Lavoro non ne avevo. E poi io tutta questa grande voglia di lavorare non ce l'ho. Gli ho detto, a Pietro: Sí, ti sposo, però ho paura che non ti amo! con te non è come con Manolo! Con Manolo, ero come stregata! E lui ha detto: Pazienza. E quando è tornata a casa la Elena, le ho detto: Sai, ho trovato uno che mi sposa. E lei: Uno che ti sposa? Oh, ricominciamo adesso con un altro pasticcio, oh povera me! portami via Gesú! Non voleva crederlo, che c'era uno che mi sposava. E quando è venuto Pietro, gli ha puntato addosso i suoi occhi piccoli, il suo naso, come se volesse pungerlo. Poi ha detto: Be', chissà, forse questo non è portami via Gesú. Questo sembra una persona a posto! E io dicevo: Però non mi sento stregata! E lei diceva: Va' al diavolo!

VITTORIA Aveva anche ragione.

GIULIANA Forse sí.

VITTORIA Dio, ma è tardi, devo mettermi a cucinare. Tra poco torna l'avvocato, e il pranzo non è pronto.

GIULIANA Gli dirai che è stata colpa mia, che ti ho fatto chiacchierare un po'.

VITTORIA Mi ha fatto chiacchierare? Se io non ho nemmeno aperto bocca! Parlava sempre lei. Quanto parla! Ma parla sempre cosí?

GIULIANA Sempre.

VITTORIA Ma a parlare tanto, non le vien sete?

GIULIANA Sí. Portami un bicchiere di latte.

VITTORIA Adesso vuole il latte? è mezzogiorno!

GIULIANA Il latte mi piace tanto.

Vittoria torna con un bicchiere di latte. Poi via. Entra Pietro.

PIETRO (*raccogliendo qualcosa in terra*) Questo cos'è? il mio pigiama? com'è che ancora non ha rifatto la stanza, Vittoria?

GIULIANA Come faceva a rifare la stanza, non vedi che io sono a letto?

PIETRO E non pensi di doverti alzare?

GIULIANA Ho chiacchierato un po' con Vittoria. Le ho raccontato la mia vita. Stava a sentire, non perdeva una sillaba. Tu invece, quando parlo, non mi ascolti. Stamattina sei uscito mentre stavo parlando. Eppure ti dicevo una cosa importante.

PIETRO Ah sí? cosa mi dicevi?

GIULIANA Ti dicevo che non vedo, fra noi, una ragione seria di vivere insieme.

PIETRO Mi dicevi questo?

GIULIANA Sí.

PIETRO Non abbiamo nessuna ragione seria di vivere insieme? Lo pensi?

GIULIANA Lo penso. Trovo che sei una persona molto leggera. Sposandomi, hai dato prova di una gran leggerezza.

PIETRO Io non sono niente leggero. Io sono uno che sa sempre quello che fa.

GIULIANA Hai un'alta opinione di te stesso!

PIETRO Forse.

GIULIANA Io invece non so mai quello che faccio. Prendo una cantonata dopo l'altra. Del resto come fai a dire, che tu sai sempre quello che fai? Fin adesso non hai fatto niente. Niente d'importante, voglio dire. Sposarti è stata la prima cosa importante della tua vita.

PIETRO Prima di incontrare te, sono stato sul punto di sposarmi almeno diciotto volte. Mi son sempre tirato indietro. Perché scoprivo in quelle donne qualcosa che mi dava i brividi. Scoprivo, nel profondo del loro spirito, un pungiglione. Erano delle vespe. Quando ho trovato te, che non sei una vespa, ti ho sposato.

GIULIANA Nel tuo modo di dirmi che non sono una vespa, c'è qualcosa di offensivo per me. Tu vuoi dire che io sono un animaletto domestico, innocuo, gentile? una farfalla?

PIETRO Ho detto che non sei una vespa. Non ho detto che sei una farfalla. Sei sempre pronta a fare di te stessa qualcosa di grazioso.

GIULIANA Io non trovo graziose le farfalle. Le trovo odiose. Quasi preferisco le vespe. Mi offende che tu pensi che non ho i pungiglioni. È vero, ma mi offende.

PIETRO Ti offende la verità? La verità non deve mai offendere. Se ti offendi alla verità, vuol dire che non sei ancora diventata adulta. Vuol dire che non hai ancora imparato ad accettare te stessa. Ma adesso ti consiglio di alzarti, lavarti, e venire a mangiare. Sarà bell'e cotta la minestra.

GIULIANA Non c'è minestra. E non so se mi laverò. Quando ho la malinconia, non ho voglia di lavarmi. Mi hai fatto venire la malinconia.

PIETRO Ti ho fatto venire la malinconia? io?

GIULIANA Sei tornato cosí sentenzioso, da quel funerale.

PIETRO Non sono sentenzioso.

GIULIANA Sei sentenzioso, sicuro di te, sprezzante, e molto antipatico. Parli di me che sembra che tu mi conosca come il fondo delle tue tasche.

PIETRO Infatti io ti conosco come il fondo delle mie tasche.

GIULIANA Ci siamo incontrati che non è neanche un mese e mi conosci come il fondo delle tue tasche? Ma se non sappiamo nemmeno bene, perché ci siamo sposati! Non facciamo che domandarci perché, dalla mattina alla sera!

PIETRO Tu. Io no. Io non mi domando niente. Tu sei una persona con la testa confusa. Io no. Io vedo chiaro. Vedo chiaro e lontano.

GIULIANA Ma guarda che alta opinione che hai di te! Una sicurezza da sbalordire! «Vedo chiaro e lontano!» Io ti dico che siamo nelle nebbie! siamo nelle nebbie fino ai capelli! Non vediamo a un palmo dal nostro naso!

PIETRO Ti apro il bagno?

GIULIANA Eh?

PIETRO Ti apro il bagno? se ti lavi, forse ti schiarisci le idee. Lavarsi fa bene. Disintossica. Schiarisce le idee.

GIULIANA Non sarai mica un igienista, tu? Dimmelo subito, perché io gli igienisti li odio.

PIETRO Certo. Sono un igienista. Non lo sapevi?

GIULIANA Non credo che mi laverò. Ho troppa malinconia. Ho paura che tu sia troppo antipatico! Proprio il tipo di uomo che mi è odioso! (*Va nel bagno. Si sente l'acqua che scorre nella vasca. Tornando*) Io trovo che il matrimonio è un'istituzione infernale! Dover vivere insieme sempre, tutta la vita! Ma perché ti ho sposato? Ma cosa ho fatto? Dove avevo la testa, quando ti ho preso?

PIETRO Hai deciso di fare il bagno?

GIULIANA Non hai detto che devo fare il bagno?

PIETRO Non era mica un ordine. Era un consiglio.

GIULIANA Lo credo bene. Ci mancherebbe ancora che tu mi dessi degli ordini!

PIETRO Allora mi trovi antipatico?

GIULIANA Sí. Ho paura di sí. Sei cosí tranquillo, cosí pacato, cosí sentenzioso! «Ti conosco come il fondo delle mie tasche!» «Vedo chiaro e lontano!» E se non mi conoscessi un bel niente? se avessi preso una cantonata? se a un bel momento scoprissi che io son piena di veleno nascosto? allora? allora cosa faresti?

PIETRO Ti pianterei. È logico.

GIULIANA Logico! (*Va nel bagno e torna indietro*) Non è logico un corno. Adesso mi hai sposata e mi tieni, mi tieni come sono! anche se sono tutta diversa da quello che credevi, devi tenermi lo stesso, tutta la vita! Non te lo dicevo che il matrimonio è un'istituzione diabolica?

PIETRO Attenta. Stai pestando il mio pigiama.

GIULIANA Lo pesto perché voglio pestarlo! Perché non ti posso soffrire!

VITTORIA (*entrando*) Non s'è ancora vestita? Io ho portato la minestra in tavola!

GIULIANA La minestra? Non avevamo detto di non fare la minestra?

VITTORIA Ho fatto un poco di minestra calda. L'ho fatta per me, perché avevo freddo, e quando ho freddo un poco di minestra mi piace. Già che c'ero, l'ho fatta anche per loro. Ma adesso, se non mangiano, si fredderà. Per me non importa, perché io mi son già mangiata due buone scodelle colme, e sto bene.

PIETRO Vieni a mangiare. Il bagno lo farai dopo.

GIULIANA Già! se faccio il bagno dopo mangiato, muoio. Mi vuoi morta? (*Va nel bagno*).

ATTO SECONDO

PIETRO Ho invitato a pranzo mia madre e mia sorella per domani.

GIULIANA Ma tua madre non aveva detto che non avrebbe mai messo piede in questa casa?

PIETRO L'aveva detto. Io però l'ho convinta a venire, domani, a pranzo. Dopo il funerale di Lamberto Genova, l'ho accompagnata a casa, e l'ho convinta. S'è lasciata convincere.

GIULIANA Sei contento?

PIETRO Sono contento, perché mi seccava essere in guerra con mia madre. Preferisco essere in pace, se la cosa è possibile.

GIULIANA Sei mammone, tu?

PIETRO Non sono mammone. Invece noi per adesso non ci andiamo a casa di mia madre, perché lí c'è la zia Filippa, che è furiosa contro di me. La zia Filippa è cattolica. È cattolica ancor piú di mia madre. Voleva che io facessi un matrimonio cattolico, e che venissero molti cardinali. Invece le hanno detto che mi sposavo con una ragazza, che avevo conosciuto a una festa, e che a questa festa ballava, ubriaca, coi sandali in mano, con tutti i capelli sugli occhi. Gliel'ha detto mia cugina. E alla zia Filippa per poco non le è venuto un colpo.

GIULIANA Tua cugina? quella coi calzoni arancione?

PIETRO Sí.

GIULIANA Trovo che hai un po' troppi parenti.

PIETRO Perciò la zia Filippa non ha voluto nemmeno guardare la tua fotografia. Mia madre sí, un momento, l'ha guardata.

GIULIANA Quale fotografia? quella dove ho l'impermeabile?

PIETRO Sí.

GIULIANA Non è una bella fotografia. Sembro uscita dal carcere. E cos'ha detto, della mia fotografia, tua madre?

PIETRO Niente. Ha sospirato. Ha detto che eri graziosa.

GIULIANA Sospirando?

PIETRO Sospirando.

GIULIANA Soltanto graziosa?

PIETRO Perché, come pensi di essere, tu? Bellissima? travolgente?

GIULIANA Sí. Travolgente.

PIETRO Io però non mi sento travolto.

GIULIANA Tu non ti senti travolto?

PIETRO No.

GIULIANA Eppure ti ho travolto!

PIETRO Mia madre non ti piacerà. E tu non piacerai a lei. Niente le piacerà di questa casa. Disapproverà tutto. Nemmeno Vittoria le piacerà.

GIULIANA Perché non le deve piacere nemmeno Vittoria?

PIETRO Ha delle donne di servizio di un altro tipo. Donne vecchie, silenziose, fedeli, con le pantofole, coi piedi piatti.

GIULIANA Per questo i piedi piatti ce li ha anche Vittoria.

PIETRO Niente le piacerà di questa casa, ti dico. Niente.

GIULIANA E allora se io non piacerò a lei, e se lei non piacerà a me, e se in questa casa niente le piacerà, perché la fai venire qui?

PIETRO Perché è mia madre.

GIULIANA Bel motivo. E io non ti porto mica qui mia madre, io. Sai come è mia madre? Mia madre conserva tutti i giornali vecchi, ne ha dei quintali sotto il letto, sotto gli armadi, e poi cucina certe minestrine, certi intrugli di prugne e mele cotte, e tutti quei pentolini li mette sul davanzale della finestra. E la sera, si chiude a chiave in cucina, a chiave, sai, tutte le sere, e fino alle due di notte sta lí chiusa a chiave e non si sa cosa faccia, se cucina ancora altre minestrine, se si lava i piedi, non si sa, non si è mai saputo. E se uno s'avvicina alla porta e le dice di andare a dormire, si inviperisce, urla, grida, e non apre. Hai capito?

PIETRO Sí. Va bene. Lo so. Questa è tua madre. Ma mia madre non è cosí. Mia madre è una donna abbastanza normale.

GIULIANA Perché, vuoi dire che mia madre non è una donna normale? vuoi dire che è matta?

PIETRO Non lo so, io non l'ho mai vista. Da come la descrivi, penso che un po' matta dev'essere.

GIULIANA E ti sembra bello di non avere ancora visto mia madre?

PIETRO Vuoi che andiamo a trovare tua madre? Andiamoci. In questi giorni sono un po' occupato. Ma appena sarò piú libero, andiamo a trovare tua madre, dato che lei non si muove, come mi hai detto.

GIULIANA A trovare mia madre? a vedere i pentolini e i giornali?

PIETRO Sí, perché no?

GIULIANA Non è mica matta mia madre, povera donna. È soltanto una povera disgraziata.

PIETRO Ecco. Già. E anche mia madre, vedi, è una povera vecchia donna, ed è una disgraziata anche lei.

GIULIANA Perché cosa le è successo, a tua madre?

PIETRO Mia madre, poveretta, da giovane era bella, elegante, e ha sofferto molto quando ha incominciato a invecchiare. Le è venuta una specie di nevrastenia. Poi, durante la guerra, nei bombardamenti, le è crollata una casa. Poi ha perduto un po' di soldi, non molti, ma si è spaventata, e ha creduto d'essere povera. E tante volte la mattina si sveglia, e piange, si dispera, perché ha paura di essere povera. E allora mia sorella deve andare lí a consolarla. Poi qualche anno fa è morto mio padre, e lei ne ha molto sofferto. E mia sorella non si è ancora sposata, e anche di questo lei si dispera. E adesso io mi sono sposato con te, cioè con una ragazza di cui non sa quasi niente, ma che s'immagina come una specie di tigre.

GIULIANA Tutte queste non sono vere disgrazie. È invecchiata come invecchiamo tutti. Tuo padre è morto quando era già vecchio. Non sono vere disgrazie, se uno pensa alla vita disgraziata che ha avuto mia madre.

PIETRO Non saranno vere disgrazie, ma lei ne soffre, come se fossero vere. Del resto adesso non si tratta mica di stabilire chi di noi due ha la madre piú disgraziata.

GIULIANA Tua madre pensa che ti ho sposato per i soldi?

PIETRO Pensa che mi hai sposato per i soldi. Pensa che sei una specie di tigre. Pensa che hai avuto un mucchio di amanti. Pensa tutto, e la mattina si sveglia, e piange. Perciò le ho detto di venire qui a pranzo, cosí almeno ti vedrà in faccia, e non le piacerai, ma sarà spaventata di una persona, invece di essere spaventata d'un'ombra.

GIULIANA Peccato.

PIETRO Peccato cosa?

GIULIANA Peccato che non ho avuto tutti questi amanti, che pensa tua madre.

PIETRO Sei sempre in tempo.

GIULIANA Sono sempre in tempo? Posso avere ancora un po' di amanti, pur essendo tua moglie?

PIETRO Neanche per sogno, finché sei mia moglie. Però è sempre possibile divorziare.

GIULIANA In Italia non c'è il divorzio.

PIETRO All'estero.

GIULIANA Ah già, all'estero. (*Silenzio*). Mi hai appena sposata, e già pensi a divorziare?

PIETRO Non penso a divorziare. Dicevo per dire. Nel caso che tu voglia avere ancora un po' di amanti.

GIULIANA Certe cose che pensa tua madre sono vere. È vero che ti ho sposato per i soldi. *Anche* per i soldi. Ero disposta a tutto. Lo sai?

PIETRO Vorresti dire che non mi avresti sposato, se fossi stato povero?

GIULIANA Non lo so! capisci che non lo so! Non l'ho ancora capito! Non ho avuto il tempo di capirlo! Perché ci siamo sposati cosí di furia? Che furia c'era?

PIETRO Mi hai detto: Sposami, per carità! sennò se non mi sposi tu, chi mi sposa? sennò finisce che mi butto dalla finestra. Non hai detto cosí?

GIULIANA Sí, ho detto cosí. Ma era un modo di dire. Non c'era mica nessuna necessità di sposarmi cosí di furia. Non ero mica incinta. Tua madre avrà magari creduto che mi sposavi perché ero incinta. Le hai spiegato che non sono mica incinta, a tua madre?

PIETRO Sí.

GIULIANA Che furia c'era? Ci siamo sposati come se stesse bruciando la casa. Perché? Non era meglio riflettere un poco?

PIETRO Io ho riflettuto. Magari è stata una riflessione durata lo spazio di un minuto secondo. Ma non è detto che le riflessioni devono durare dei secoli. Una riflessione lucida, lampeggiante, di un minuto secondo, può bastare.

GIULIANA No, una riflessione di un minuto non è una riflessione. Le riflessioni vere, giuste, utili, sono quelle che uno si porta dietro per dei mesi e degli anni.

PIETRO Ne hai molte, tu, di queste riflessioni?

GIULIANA Io? mai. Mai nessuna. Io non sono capace di riflettere. Però penso che sarebbe giusto riflettere, prima di fare tutte le cose, ogni cosa. E invece non abbiamo riflettuto affatto, e ci siamo sposati come due stupidi, io *anche* per i soldi, e tu *anche* perché ti facevo pietà. E perciò il nostro matrimonio è marcio, marcio nelle radici! Forse abbiamo fatto uno sbaglio spaventoso! Forse insieme saremo disperatamente infelici, ancora peggio di come pensa tua madre!

PIETRO È possibile.

GIULIANA E allora? allora come faremo?

PIETRO Divorzieremo.

GIULIANA All'estero?

PIETRO All'estero.

GIULIANA Meno male che hai un po' di soldi, cosí almeno potremo andare all'estero a divorziare!

PIETRO Meno male.

GIULIANA Allora cosa devo fare da pranzo a tua madre?

PIETRO Non so. Brodo. Pollo lesso. Mia madre è delicata di stomaco. Ha l'ulcera gastrica.

GIULIANA Va bene il brodo, per l'ulcera gastrica? è molto vecchia tua madre?

PIETRO Vecchia, sí.

GIULIANA Su per giú, quanti anni ha?

PIETRO Non si sa. Non lo sa nessuno. Si è falsificata la data di nascita sul passaporto. L'ha cancellata con la scolorina, e l'ha riscritta. Pare che si sia tolta una decina d'anni.

GIULIANA E a te chi te l'ha detto?

PIETRO Me l'ha detto mia sorella.

GIULIANA L'ha vista, tua sorella, mentre era lí con la scolorina?

PIETRO No. Gliel'ha detto la zia Filippa.

GIULIANA Questa zia Filippa è una bella pettegola. Non potreste sbatterla fuori dai piedi?

PIETRO No, perché è paralitica, e gira su una sedia a rotelle.

GIULIANA Forse anch'io mi cancellerò la data di nascita con la scolorina, quando sarò vecchia, sul mio passaporto. Però non ce l'ho il passaporto, non l'ho mai avuto, ho solo la tessera postale. Il passaporto devo farmelo fare, sennò come potrò andare all'estero, quando vorremo divorziare?

PIETRO Già.

GIULIANA Forse però basterà che all'estero ci vada tu solo, il giorno che vorremo divorziare. Ma il passaporto mi serve lo stesso, perché viaggerò molto, quando sarò divorziata. Con Topazia. Tu mi pagherai gli alimenti?

PIETRO Certo.

GIULIANA Grazie. Viaggerò con Topazia, vedremo un mucchio di posti, e faremo inchieste e fotografie. Andremo nel deserto, e fotograferemo i leoni e le tigri, per quel settimanale di Topazia, che paga bene. Forse guadagnerò cosí bene, che rinuncerò agli alimenti. Non ne avrò bisogno.

PIETRO Grazie.

GIULIANA Niente. Sarà bellissimo.

PIETRO Bellissimo.

GIULIANA E tu? tu cosa farai? Tornerai a stare con tua madre, con tua sorella, e con la zia Filippa?

PIETRO Forse.

GIULIANA Io invece viaggerò con Topazia. Sai, tante volte mi chiedo cosa penserebbe Topazia di te. Ma non credo che le piaceresti. Direbbe che non hai stile. Direbbe che hai il collo troppo grosso, il naso troppo grosso, le orecchie troppo lunghe. Topazia è molto difficile.

PIETRO Però si è sposata con quell'idiota.

GIULIANA Manolo? perché dici cosí, «quell'idiota»? perché devi sputare su tutte le cose della mia vita? Tu non lo conosci, Manolo! Non l'hai mai conosciuto!

PIETRO Ho letto i suoi libri.

GIULIANA Hai letto *Portami via Gesú?*

PIETRO Sí. E ho letto anche *Primavera col marinaio*. E perfino *La salamandra inutile*.

GIULIANA No! *Primavera col marinaio* non l'hai letto! non hai nemmeno tagliato le pagine!

PIETRO Nemmeno tu hai tagliato le pagine.

GIULIANA Le prime le ho tagliate. Poi non piú, perché non capivo. Non capivo perché sono stupida io, mica perché era stupido lui. Certo però che le salamandre sono bestie inutili. A cosa servono? Piú inutili di cosí!

PIETRO Non c'è dubbio.

GIULIANA Cosa sono? non sono bestie che vanno nel fuoco senza bruciarsi? Che utilità c'è a cacciarsi nel fuoco?

PIETRO Io invece penso che quel tuo Manolo era uno stupido, un vero idiota, e un vigliacco. Non è scappato, quando ha saputo che aspettavi un figlio?

GIULIANA Sí. Ma non era vigliaccheria. Era un'altra cosa. Lui aveva paura della vita.

PIETRO Avere paura della vita si chiama vigliaccheria. Mettere una persona nei guai, e squagliarsela, si chiama vigliaccheria.

GIULIANA Però io ti proibisco di sputare cosí sulle cose mie! (*Silenzio*). Allora, per tua madre, pollo lesso?

PIETRO Pollo lesso.

GIULIANA Vittoria! Accidenti, non risponde, dev'essere alla finestra che chiacchiera con la ragazza del piano di sopra.

PIETRO Cosa le vuoi dire?

GIULIANA Che domani viene a pranzo tua madre.

PIETRO E mia sorella.

GIULIANA E tua sorella. Questa tua sorella com'è?

PIETRO Mia sorella è un'oca assoluta.

GIULIANA Le piacerò?

PIETRO Le piacerai moltissimo.

GIULIANA Perché è un'oca? Mi trovi fatta per piacere alle oche?

PIETRO Non perché è un'oca. Perché è sempre contenta di tutto. È un temperamento ottimista.

GIULIANA E tua madre invece è pessimista. È una che vede guai dappertutto. Drammatizza. È cosí anche la mia amica Elena, e anche mia madre. È molto pessimista anche mia madre. Io invece sto bene con gli ottimisti, con quelli che sdrammatizzano. Stavo cosí bene con Topazia, perché sdrammatizzava.

PIETRO E con me stai bene?

GIULIANA Con te?

PIETRO Sí?

GIULIANA Ancora non lo so. Ancora non ho capito bene come sei.

PIETRO E io invece ti ho capita subito, appena ti ho vista.

GIULIANA Subito? appena mi hai vista? A quella festa, su quelle scalette?

PIETRO Non proprio subito, appena ti ho visto entrare. Dopo un poco.

GIULIANA Forse quando ballavo, ubriaca, senza le scarpe? Hai capito che ero una, che ti andava benissimo a te?

PIETRO Sí.

GIULIANA Che bello.

PIETRO E vuoi sapere una cosa?

GIULIANA Cosa?

PIETRO Non mi hai mai fatto nessuna pietà. Nessuna. Nemmeno un istante.

GIULIANA No?

PIETRO No.

GIULIANA Ma come? quella notte, quando piangevo, quando ti raccontavo, non ti facevo pietà?

PIETRO No.

GIULIANA Ma come? ero sola, senza soldi, senza lavoro, ero piena di debiti, avevo anche abortito, ero stata abbandonata, e non ti facevo pietà?

PIETRO No.

GIULIANA Ma allora sei senza cuore!

PIETRO Non essere scema. Eri sola, è vero, senza soldi, senza lavoro, e ti disperavi, ma a me non facevi pietà. Io non ho mai sentito, guardandoti, nessuna pietà. Ho sempre sentito, guardandoti, una grande allegria. E non ti ho sposato perché mi facevi pietà. Del resto, se uno dovesse sposare tutte le donne che gli fanno pietà, starebbe fresco. Metterebbe su un harem.

GIULIANA Già. Questo è vero. E perché mi hai sposato, se non mi hai sposato per pietà?

PIETRO Ti ho sposato per allegria. Non lo sai, che ti ho sposato per allegria? Ma sí. Lo sai benissimo.

GIULIANA Mi hai sposato perché ti divertivi con me, e invece ti annoiavi con tua madre, tua sorella, e la zia Filippa?

PIETRO Mi annoiavo a morte.

GIULIANA Lo credo, povero Pietro!

PIETRO Adesso sei tu che hai pietà di me?

GIULIANA Però non è che dovevi stare sempre con loro? andavi in giro, viaggiavi, avevi ragazze?

PIETRO Certo. Viaggiavo, andavo in giro, e avevo ragazze.

GIULIANA Ragazze noiose?

PIETRO Ragazze.

GIULIANA E io? io perché ti ho sposato?

PIETRO Per i soldi?

GIULIANA *Anche* per i soldi.

PIETRO Credo che uno si sposa sempre per una ragione sola. Gli *anche* non hanno nessun valore reale. C'è una ragione sola, dominante, ed è quella che importa.

GIULIANA Allora io non l'ho ancora ben capita questa ragione, per me.

PIETRO Non mi hai detto: Sposami, sennò chi mi sposa?

GIULIANA Sí, e be'?

PIETRO Be', non era questa la ragione? che volevi avere un marito? comunque fosse? chiunque?

GIULIANA Chiunque. Sí.

VITTORIA (*entrando*) Mi ha chiamato?

GIULIANA Non adesso. Prima. Prima t'ho chiamato tanto. Dov'eri?

VITTORIA Scambiavo due parole con la ragazza del piano di sopra.

GIULIANA Sei una grande chiacchierona. Non ti viene sete, a parlare tanto?

VITTORIA A me non mi viene mai sete. Non bevo mai. Non sudo, perciò non bevo. Nemmeno d'estate.

GIULIANA Non sudi?

VITTORIA Non sudo mai. Quando sono a casa, che lavoro in campagna, a zappare, sotto il sole di luglio, tutti sudano, e io non sudo. Non ho neanche una goccia di sudore sulla pelle.

GIULIANA Strano.

PIETRO Stranissimo.

GIULIANA Sei una salamandra, forse. Una salamandra inutile.

VITTORIA Sono cosa?

GIULIANA Volevo dirti che domani vengono a pranzo sua madre e sua sorella. Farai pollo lesso.

VITTORIA E c'è bisogno di dirmelo oggi? Me lo diceva domani.

GIULIANA Siccome dici che i polli tu li vai a comprare sempre in piazza Bologna, vicino al tuo parrucchiere, cosí te lo dico adesso, perché ora che vai dal parrucchiere, lo compri.

VITTORIA Al giorno d'oggi è molto difficile trovare polli ruspanti. I polli che vendono, non sono ruspanti. Sono quelli ingrassati con la lampada. Se vuole proprio un pollo ruspante, posso fare un salto fino a casa mia, a Fara Sabina. Domattina son qui.

PIETRO No. Non cerchiamo complicazioni. Il pollo di piazza Bologna andrà bene. Domani lei apparecchi la tavola bene, con la tovaglia.

VITTORIA Con la tovaglia? non con le pagliette?

PIETRO No. Le pagliette mia madre non le può soffrire.

VITTORIA La tovaglia l'abbiamo. Però non abbiamo il mollettone da metterci sotto.

PIETRO Oggi, in piazza Bologna, lei comperi anche un mollettone.

GIULIANA Non vorrai mica che tua madre metta il naso sotto la tovaglia, per vedere se c'è il mollettone!

PIETRO Non conosci mia madre. Mia madre, solo al tasto, capisce se c'è il mollettone.

VITTORIA Esco subito, cosí faccio tutto. (*Via*).

PIETRO Sarà vero che non suda mai?

GIULIANA Non so. A me mi pare che sudi come un cavallo.

PIETRO Sembrerebbe una buona ragazza. Hai preso informazioni, prima di pigliarla?

GIULIANA Sí. Ho telefonato alla signora Giacchetta.

PIETRO E chi è questa signora Giacchetta?

GIULIANA È la signora Giacchetta. Quella dov'era prima. Lei ne canta le lodi tutto il giorno, della signora Giacchetta. Era bravissima in casa, la signora Giacchetta. Lavava, stirava, cucinava, faceva tutto. A lei, a Vittoria, non le lasciava nemmeno mettere le mani nell'acqua. Non capisco perché teneva la donna.

PIETRO Sei sicura che esiste, questa signora Giacchetta?

GIULIANA Se mi ha risposto al telefono!

PIETRO Non si prendono informazioni al telefono. Si va sul luogo.

GIULIANA Volevi che andassi sul luogo della signora Giacchetta?

PIETRO Sí.

GIULIANA Come sei noioso! come, come sei noioso! Niente ti va bene! La signora Giacchetta non ti va bene! Le pagliette non ti vanno bene! I polli non sono ruspanti!

PIETRO È Vittoria che ha detto che i polli ruspanti non li vendono piú! Io me ne infischio dei polli ruspanti!

GIULIANA Di cosa potremo parlare, domani, con tua madre? Dopo che avremo parlato un po' di Vittoria, e dei polli ruspanti, cosa resterà da parlare?

PIETRO Ah, davvero non lo so!

GIULIANA Possiamo parlare di Lamberto Genova?

PIETRO Quale? del tuo o del mio?

GIULIANA Un po' dell'uno un po' dell'altro, no? (*Silenzio*). Se facessi venire anche la Elena?

PIETRO Quale? La tua Elena? o la mia Elena?

GIULIANA Perché, qual è la tua Elena? Abbiamo anche una Elena per uno?

PIETRO Mia cugina Elena? o la tua amica Elena?

GIULIANA Tua cugina Elena? quella dei calzoni arancione? Ah no, io quella non la posso soffrire. No, dicevo la mia amica Elena.

PIETRO La cartolaia?

GIULIANA Sí. Perché, c'è qualcosa di male a fare la cartolaia?

PIETRO Non ho detto che ci sia qualcosa di male. Ho detto «la cartolaia» per indicarla.

GIULIANA E allora, se volessi indicare mia madre, diresti «la pantalonaia» perché è questo il lavoro che fa? Gliel'hai detto a tua madre, che fa la pantalonaia mia madre?

PIETRO Mi sembra che le ho detto che fa la sarta.

GIULIANA E perché? È piú decoroso far la sarta che la pantalonaia? È indecoroso, fare pantaloni? Ma sai che tu sei pieno di pregiudizi sociali?

PIETRO Neanche per sogno. Far la pantalonaia o la sarta, non è uguale?

GIULIANA Appunto. Non è uguale?

PIETRO Appunto.

GIULIANA Vuoi che ti dica una cosa?

PIETRO Cosa?

GIULIANA Sai quel bottiglione d'inchiostro, che ho rovesciato addosso a una cliente, quand'ero nella cartoleria?

PIETRO Be'?

GIULIANA Sai chi era quella cliente?

PIETRO Chi era?

GIULIANA Ho paura che era tua madre.

PIETRO Mia madre?

GIULIANA Sí.

PIETRO Hai rovesciato un bottiglione d'inchiostro in testa a mia madre?

GIULIANA Non in testa. Sul vestito. Su tutto il vestito. Non l'ho mica fatto apposta.

PIETRO Ma chi dice che era proprio mia madre?

GIULIANA Ho paura di sí. Era tua madre. L'ho riconosciuta dalla fotografia che hai tu sullo scrittoio. Quella faccia di quella cliente m'era rimasta impressa, perché poi sono stata licenziata. Stavo bene, in quella cartoleria. Non c'era molto lavoro. Mi hanno licenziata per via di tua madre. Però anche perché arrivavo sempre in ritardo.

PIETRO Mia madre è molto fisionomista. Se è lei, ti riconoscerà subito.

GIULIANA Allora, la faccio venire, domani, la mia Elena, a pranzo? Cosí vede anche lei, se era proprio tua madre, quella del bottiglione.

PIETRO No, la tua Elena non c'è bisogno di farla venire. Non va bene con mia madre, la tua Elena.

GIULIANA E allora chi è che va bene, con questa maiala di tua madre?

PIETRO Ti prego di non insultare mia madre, prima ancora che sia venuta! Le tiri addosso un bottiglione d'inchiostro, e poi ancora la insulti?

GIULIANA Tu, a mia madre, non piaceresti affatto. Non le piace quasi mai nessuno. È molto pessimista, mia madre. È molto diffidente. Se ne starebbe là, in un angolo, vicino alla finestra, a sorvegliare quei suoi pentolini, spaventata, diffidente, amara, nella sua vestaglietta giapponese, con quel suo codino di capelli attorcigliato in cima alla testa con un elastico nero, con le mani che tremano, guardandosi attorno con gli occhi d'una lepre inseguita... No. È meglio che non ci andiamo.

PIETRO E allora non ci andremo. (*Ride*).

GIULIANA Perché ridi? Non è mica di mia madre che ridi?

PIETRO No. Sto pensando a te che rovesci l'inchiostro sulla signora, che forse è mia madre, e mi viene da ridere.

GIULIANA Ma perché parliamo cosí tanto di madri? è un'ora che siamo qui, e non parliamo d'altro che di madri. Sono cosí importanti, le madri?

PIETRO Sono abbastanza importanti.

GIULIANA Se ti faccio ridere, vuol dire che non ti senti stregato. Vuol dire che neanche tu, con me, ti senti stregato. Come neanch'io con te. Quando amavo Manolo, io non ridevo, non ridevo mai. Non ridevo, non parlavo, non fiatavo piú. Ero ferma come una statua. Ero allucinata. Stregata. Sai cosa voglio dire?

PIETRO Sí.

GIULIANA Perché, sei stato stregato anche tu, qualche volta?

PIETRO Qualche volta. E non mi piaceva. Non avrei mai sposato una donna, che m'avesse stregato. Voglio vivere con una donna che mi metta allegria.

GIULIANA Cosa ci vedi, in me, di tanto allegro?

PIETRO Devo uscire. Dov'è il mio cappello?

GIULIANA Hai un altro funerale?

PIETRO No. Piove. Diluvia. Quando piove, metto il cappello.

GIULIANA Oh Dio, adesso Vittoria esce dal parrucchiere e si bagna l'ondulazione! Tornerà furiosa.

ATTO TERZO

GIULIANA Pietro!

PIETRO Eccomi.

GIULIANA Vittoria non è tornata!

PIETRO Come non è tornata?

GIULIANA Non è tornata, da ieri. Non è tornata, dopo il parrucchiere. Tu stavi fuori a cena, io ho bevuto un bicchiere di latte e me ne sono andata a dormire. Stamattina, dopo che sei uscito tu, suono il campanello, e non risponde. Mi alzo, la cerco in tutta la casa, e non c'è.

PIETRO Dobbiamo telefonare in questura?

GIULIANA No. La portinaia dice che sarà andata di nuovo dalla signora Giacchetta. Le piaceva cosí tanto stare dalla signora Giacchetta. Non aveva quasi niente da fare. Qui anche le piaceva, ma trovava che c'era troppo lavoro.

PIETRO Che lavoro c'è, qui? Siamo due persone sole, la casa è piccola?

GIULIANA Sí, ma tu ti cambi la camicia due volte al giorno. Non le piaceva stirare, a Vittoria. Dalla signora Giacchetta non c'erano camicie da uomo. La signora Giacchetta è vedova.

PIETRO Mi dispiace.

GIULIANA Ti dispiace che è vedova?

PIETRO Mi dispiace di Vittoria. Dovremo cercare un'altra donna. Telefona a un'agenzia.

GIULIANA Se dici che non c'è da fidarsi delle agenzie!

PIETRO Come hai fatto per cucinare? Tra poco, saranno qui mia sorella e mia madre.

GIULIANA Avevo in casa dello spezzatino di ieri. L'ho scaldato.

PIETRO Lo spezzatino mia madre non lo può mangiare! Ti ho detto che ha l'ulcera gastrica!

GIULIANA Non va bene per l'ulcera gastrica, spezzatino in umido con le patate?

PIETRO No. E poi ce ne sarà stato poco!

GIULIANA Macché. È almeno un chilo di carne. Poi ho chiamato la portinaia, e l'ho pregata di imprestarmi un mollettone. Il mollettone doveva comperarlo Vittoria, in piazza Bologna.

PIETRO (*guardando sotto la tovaglia*) Questo non è un mollettone. È una tela incerata.

GIULIANA Sí. La portinaia la usava per coprire la carrozzina del suo bambino. Ma è pulita. Gliel'ho fatta pulire con la spugna.

PIETRO Per primo? Per primo, cosa c'è?

GIULIANA Per primo? Per primo piatto, dici?

PIETRO Sí?

GIULIANA Niente. C'è un poco di melanzane alla parmigiana, avanzate da ieri.

PIETRO Non puoi dare a mia madre un pranzo tutto di avanzi! Fai del riso al burro!

GIULIANA Faccio del riso al burro? Va bene. Mi sono alzata tardi, stamattina, e poi speravo sempre che tornasse Vittoria. Mi dispiace tanto che non torni piú. Stavo bene con lei. Chiacchieravo. Le raccontavo tutti i miei fatti. (*Via*).

Pietro solo. Guarda ancora sotto la tovaglia. Raccoglie giornali sul tappeto. Riassesta i cuscini. Suona il campanello. Pietro va ad aprire. Entrano la madre e la sorella di Pietro.

GINESTRA Oh mamma, guarda come è carino qui! Una bellissima casa!

MADRE DI PIETRO (*sospirando*) Troppe scale. Io soffro di

cuore, e le scale mi fanno male. Mi son dovuta fermare tre volte, per riprendere fiato. Com'è che hai preso una casa senza l'ascensore?

PIETRO Questa casa ci piaceva. E poi, avevamo fretta. Cosí non siamo stati tanto a guardare per il sottile.

MADRE DI PIETRO Guardare per il sottile? Lo chiami guardare per il sottile, guardare che ci sia l'ascensore, per quando viene a trovarti tua madre, che soffre di cuore?

PIETRO Siccome tu avevi detto che non saresti mai venuta in casa nostra!

MADRE DI PIETRO E ti rassegnavi cosí all'idea che io non venissi mai?

GINESTRA Tu non soffri di cuore, mamma. Hai un cuore sanissimo. Hai fatto l'elettrocardiogramma pochi giorni fa.

MADRE DI PIETRO Certi disturbi di cuore dall'elettrocardiogramma non si vedono. Anche il povero Lamberto Genova aveva fatto un elettrocardiogramma pochi giorni prima di morire, e non si era visto niente. Me l'ha detto la povera Virginia.

PIETRO Perché la chiami povera Virginia? Non è mica morta anche lei?

MADRE DI PIETRO Povera Virginia! Non è morta, ma è rimasta sola. E anche in condizioni finanziarie niente affatto buone. E i figli non le dànno consolazioni. Uno sta in Persia. L'altro si è messo con una donnaccia. Però, per fortuna, non l'ha sposata.

PIETRO È successo un piccolo inconveniente. La nostra donna di servizio Vittoria, ieri è andata dal suo parrucchiere, e non è piú ritornata.

GIULIANA (*entrando*) È quasi pronto. Il riso è quasi cotto.

MADRE DI PIETRO Buongiorno, signorina.

GINESTRA Buongiorno.

GIULIANA Buongiorno.

GINESTRA Stavamo ammirando la vostra bella casa!

MADRE DI PIETRO Io devo averla già vista, signorina, da qualche parte. Dove l'ho vista?

GIULIANA Mi ha vista in fotografia.

MADRE DI PIETRO No. Quella fotografia non le rassomigliava. Lei, del resto, non dev'essere fotogenica. No, ho visto, in qualche parte, la sua faccia. Io sono molto fisionomista. Non dimentico mai le fisionomie. Dove l'ho incontrata?

GIULIANA Posso chiederle di non chiamarmi signorina, dato che ho sposato suo figlio, una settimana fa?

MADRE DI PIETRO Come vi siete sposati? Dal sindaco?

GIULIANA Sí.

MADRE DI PIETRO Io sono cattolica osservante. Per me ha valore solo il matrimonio in chiesa. Il matrimonio civile non ha valore, per me. Ad ogni modo, la chiamerò signora, se vuole.

PIETRO Non vorresti chiamarla per nome, mamma?

MADRE DI PIETRO Il suo nome è Giuliana?

PIETRO Giuliana.

MADRE DI PIETRO Un nome pretensioso. Sarebbe stato molto meglio, semplicemente, Giulia. Come mai le hanno dato un nome cosí pretensioso?

GIULIANA E sua figlia non si chiama Ginestra? Ginestra non è un nome pretensioso?

MADRE DI PIETRO No. Ginestra non è un nome pretensioso. Mio marito amava molto Leopardi. L'abbiamo chiamata Ginestra per via di Leopardi. E poi anche perché io, quando l'aspettavo, mi trovavo in un posto, dove c'era una fioritura di ginestre, bellissima. A Rossignano. Eravamo, quell'anno, in villeggiatura a Rossignano. Di dove è, lei?

GIULIANA Io sono di Pieve di Montesecco.

MADRE DI PIETRO E dov'è questo Pieve di Montesecco?

GIULIANA In Romagna.

MADRE DI PIETRO Ah in Romagna? Anche Rossignano è in Romagna. Conosce Rossignano?

GIULIANA No.

MADRE DI PIETRO Non conosce Rossignano? È strano. Non

la portavano in villeggiatura a Rossignano, da bambina? Dove la portavano?

GIULIANA Non mi portavano in villeggiatura.

MADRE DI PIETRO Ah non la portavano?

GIULIANA No. Mia madre aveva altro per la testa.

MADRE DI PIETRO Cos'aveva per la testa, sua madre?

GIULIANA Aveva che non aveva denari. Lei e mio padre sono separati. Mio padre, quando io ero piccola, è andato via di casa.

MADRE DI PIETRO Sí. Mio figlio m'ha accennato qualcosa. È stata duramente provata dalla vita, sua madre?

GIULIANA Sí.

MADRE DI PIETRO Anch'io sono stata duramente provata dalla vita. I miei figli non mi hanno dato consolazioni. Ho perduto mio marito. Mia sorella Filippa è inchiodata su una sedia a rotelle. E ora mio figlio ha voluto darmi ancora questo grande dolore. Ha fatto un matrimonio che io disapprovo. Io non ho niente contro di lei, signorina, o signora, o Giuliana, come vuole. Ma non credo che lei sia adatta a mio figlio, né che mio figlio sia adatto a lei. Sa perché mio figlio l'ha voluto? Sa perché ha voluto unirsi a lei?

GIULIANA No?

MADRE DI PIETRO Per darmi un dolore.

PIETRO Il riso a quest'ora sarà stracotto. Andiamo a tavola!

Ginestra e Pietro vanno in cucina a prendere il riso.

MADRE DI PIETRO A me piace il riso molto ben cotto. Questa vostra domestica, come si chiamava?

GIULIANA Vittoria.

MADRE DI PIETRO È andata dal parrucchiere e non è piú tornata? Fanno cosí. Oggi la servitú fa sempre cosí.

Ginestra e Pietro tornano dalla cucina col riso.

INESTRA Mamma, se tu vedessi la cucina. Hanno una cucina piccola piccola, cosí bella!

Si mettono a tavola.

IADRE DI PIETRO Dovete guardare se non si è portata via qualche cosa.

IULIANA Vittoria? Oh no, Vittoria non toccava niente. Era onestissima.

IADRE DI PIETRO Da quanto l'avevate?

IETRO Quattro giorni.

IADRE DI PIETRO E come può parlare di onestà, dopo quattro giorni? (*Ride*) Lei è ingenua! Lei è molto ingenua! La vita le insegnerà a essere meno ingenua! Pure anche lei è già stata duramente provata dalla vita, non è vero?

IULIANA Un poco.

IADRE DI PIETRO Avevate preso informazioni, di questa Vittoria?

IETRO Sí. Dalla signora Giacchetta.

IADRE DI PIETRO Giacchetta? Quelli che hanno quel negozio di elettrodomestici al Tritone?

IULIANA Non credo che siano quelli. La signora Giacchetta non aveva nessun elettrodomestico in casa. Non aveva nemmeno la lavatrice. Le lenzuola le lavava tutte a mano. Le lavava lei, la signora, non Vittoria. A Vittoria non le faceva mai mettere le mani nell'acqua.

IADRE DI PIETRO E perché se n'è andata via dalla signora Giacchetta?

IULIANA Se ne è andata perché c'era un cane. Un cagnone enorme, un mastino. A Vittoria non le piaceva quel cane. Cosí se n'è andata.

IADRE DI PIETRO Per il cane?

IULIANA Le faceva schifo quel cane. Perdeva le bave. Sporcava dappertutto.

IADRE DI PIETRO I cani, basta abituarli, non sporcano.

Entra Vittoria.

GIULIANA Oh Vittoria! Finalmente sei ritornata! Avevo paura che non ritornassi piú!

VITTORIA Ieri sera, quando sono uscita dal parrucchiere, pioveva fortissimo. Mi dispiaceva di sciuparmi l'ondulazione. Allora son salita su un momento dalla signora Giacchetta, che sta proprio accanto al parrucchiere, per aspettare che smettesse di piovere. La signora Giacchetta m'ha pregato di fermarmi a dormire, perché era sola, e aveva paura. Il marito era andato a Rieti. Cosí mi son fermata a dormire lí. La signora Giacchetta, ieri sera, ha fatto le panzarelle con la ricotta. Io forse ne ho mangiate un po' troppe, perché erano tanto buone, e stanotte mi sono sentita male, e ho dato di stomaco. Allora stamattina la signora Giacchetta non m'ha lasciato alzare. Intanto, è tornato il marito, e aveva portato quattro polli, e me ne son fatti regalare due. Sono polli ruspanti. La signora Giacchetta li ha cucinati, ma li ha cucinati arrosto, perché non sono polli da far bolliti, son polli da fare arrosto. Meno male che non hanno ancora mangiato la pietanza. Mi ha accompagnato la signora Giacchetta con la sua macchina, per fare prima. (*Via*).

PIETRO Non era vedova, la signora Giacchetta?

GIULIANA Già. Mi sembrava che fosse vedova.

MADRE DI PIETRO E voi non la licenziate? Sta fuori tutta una notte, e voi non la licenziate?

GIULIANA No, non ci penso nemmeno a licenziarla. Sono cosí contenta che è tornata!

MADRE DI PIETRO Non la rimproverate? Non le dite niente? Non viene a casa per non bagnarsi l'ondulazione, pensa prima all'ondulazione che al suo dovere, e voi non le dite niente? Ma in che mondo viviamo?

GIULIANA Io non oso dirle niente. Mi ha portato in regalo due polli!

MADRE DI PIETRO I soliti ricatti della servitú.

Vittoria torna con i polli arrosto.

VITTORIA Son proprio ruspanti!

GIULIANA Non avevi detto che era vedova, la signora Giacchetta?

VITTORIA Sí, è vedova. Quello lí che sta con lei, non è mica il marito. È uno che viene ogni tanto. È sposato. Sposato con cinque figli. Anche il cane è suo.

PIETRO E com'è che aveva paura a star sola, la signora Giacchetta? Non c'era quell'enorme cane?

VITTORIA Eh no, il cane l'aveva portato il marito a Rieti. No il marito, insomma quello lí che sta con lei.

PIETRO Non poteva telefonare, ieri sera, che non sarebbe tornata?

VITTORIA Come telefonavo? Non ha il telefono, la signora Giacchetta.

PIETRO Non ha nemmeno il telefono!

GIULIANA Non ha il telefono? Se io le ho telefonato, quando ho preso le informazioni!

VITTORIA Sí. Ma si è scordata di pagare la bolletta, e ora gliel'hanno tagliato. (*Via*).

MADRE DI PIETRO Come dilaga l'immoralità! Come è dilagata anche fra la gente semplice! Questa ragazza parla come se fosse niente, di una donna che vive col marito di un'altra.

GINESTRA Però è molto buono questo pollo!

PIETRO Proprio ruspante.

MADRE DI PIETRO Non è ruspante.

PIETRO Non è ruspante?

MADRE DI PIETRO No. È un buon pollo, cucinato bene, ma non è ruspante.

Vittoria torna con la frutta.

VITTORIA Un'altra volta che vengono, farò le panzarelle con la ricotta.

MADRE DI PIETRO Io ho l'ulcera. Non posso mangiarle.

VITTORIA Ha l'ulcera? Mia madre, due anni fa, è stata ope
rata di ulcera. Dopo l'operazione, era in fin di vita. L
avevano già dato l'olio santo. Il dottore mi ha detto: I
ulcera perforata. Non può salvarsi. L'avevano portata a
Policlinico. Era, si può dire, già morta. E allora io sa co
s'ho fatto? Ho chiesto che me la lasciassero riportare
casa, e a casa, ho messo a bollire due chili di cicoria. L
ho fatto bere l'acqua della cicoria. Quell'acqua amara l
ha lavato i visceri, e cosí è guarita. Un mese dopo stav
bene, e mangiava di tutto. Adesso mangia anche i pepe
roni.

MADRE DI PIETRO Anche i peperoni?

VITTORIA Mangia di tutto. Se la vedesse come è robust
mia madre! Se la vedesse come lavora in campagna! U
giorno voglio portargliela qui. Le piace venire a Roma
Ogni volta va al Policlinico, a salutare le suore che l'han
no assistita. Se vedesse come le vogliono bene quelle suo
re! Tutti le vogliono bene, a mia madre. È una santa. I
per mia madre potrei buttarmi nel fuoco. (*Via*).

PIETRO È proprio una salamandra.

GIULIANA Una salamandra inutile.

MADRE DI PIETRO Cosa dite? Non sembra una cattiva ragaz
za, però, questa vostra Vittoria. Forse è solo un poco stor
dita. Oggi è molto difficile trovare delle brave ragazze. No
vogliono piú andare nelle case, preferiscono andare in fab
brica. E allora, in fabbrica, trovano i comunisti, e cosí po
quando sono stanche del lavoro in fabbrica, e se ne vengo
no nelle case, hanno idee sovversive, e fanno le faccend
malvolentieri, nel disordine, con quelle idee. I guai che h
avuto Virginia con la servitú, quest'inverno. Ne ha cam
biate sei. Adesso si è ridotta con una ragazzina di quindi
ci anni, non ha potuto trovare altro. Da Virginia, non c
vogliono stare. Non so perché.

GINESTRA Dicono che gli dà da mangiare poco.

MADRE DI PIETRO Sí, è vero, Virginia non ha mai tenut
molto al mangiare, nemmeno per sé. Non ci tiene, no
gliene importa, dice che sono soldi buttati via. Invece l

servitú vuole mangiare. Cosí, quando è mancato il povero Lamberto, si trovava sola Virginia, sola in casa con quella bambina di quindici anni. Eppure non si è persa d'animo. È coraggiosa. Il povero Lamberto si è sentito male nella stanza da bagno, mentre si faceva la barba. In pigiama, col pennello in mano, è crollato. Lei con le sue braccia l'ha portato sul letto. È spirato. La povera Virginia ora si trova in condizioni finanziarie non buone. Dovrà forse vendere la sua casa. Dice che vuole mettersi a lavorare. Darà lezioni di violoncello. È una bravissima violoncellista, Virginia. Ha un tocco meraviglioso. È una donna coraggiosa, e virtuosa.

PIETRO Peccato che sia un tipo insopportabile.

MADRE DI PIETRO Perché? Voi avete sempre bisogno di dir male di tutti. Virginia è coraggiosa e virtuosa. Io la vedo ogni giorno, le sto molto vicino, perché è sola. Non ha grandi consolazioni dai figli. No. Passa le sere sola, con quella servetta, e si è messa a insegnarle il punto a croce. Ma ora anche quella dice che vuole andarsene via. Ha paura. Ha paura a passare per il corridoio, la sera, quando è buio. Perché c'è stato un morto nella casa.

PIETRO Forse invece ha trovato un altro posto, dove spera di mangiare di piú.

MADRE DI PIETRO Sí. È possibile. Anche questo è possibile. Virginia fa troppa economia sul mangiare. Il povero Lamberto, qualche volta, si lamentava con me. Si lamentava della cucina di casa sua. Lo sapete cosa compra dal macellaio, Virginia? Polmone. Una cosa che di solito si dà ai gatti. Lei lo fa andare rosolato in padella, adagio adagio, col rosmarino e la salvia. Dice che è buono.

GIULIANA Ma se mangiava polmone quando era piú ricca Virginia, adesso che è impoverita cosa mangerà?

MADRE DI PIETRO Ah, non lo so. Davvero non lo so. È già tanto magra, povera Virginia. È uno scheletro.

PIETRO È la donna piú brutta che conosco.

MADRE DI PIETRO Ti sbagli. Non è brutta Virginia. Ha bellissimi capelli. E poi, ha un grande chic. Veste bene. Ha moltissimo stile.

GIULIANA Ha molto stile?

MADRE DI PIETRO Moltissimo. Virginia ha moltissimo stile.

GIULIANA Ma spende, per vestirsi?

MADRE DI PIETRO Nemmeno una lira. Si fa tutto da sé. Si fa dei vestiti a maglia, bellissimi. Si fa i vestiti, le borse... perfino i cappotti.

GIULIANA Anche i cappotti, a maglia? Coi ferri da calza?

MADRE DI PIETRO Tutti a maglia. Ne ha fatto uno a Ginestra. Vero Ginestra? No, Virginia è davvero molto industriosa.

GINESTRA Però quello che mi ha fatto a me, la prima volta che l'ho lavato, è diventato lungo lungo, con certe maniche lunghe lunghe... L'ho dovuto regalare via.

MADRE DI PIETRO Sfido, l'hai lavato in casa. Io te l'avevo detto di farlo lavare in tintoria. Se lei vuole, Giuliana, figlia mia, dirò a Virginia di fare anche a lei un piccolo cappotto. Oppure una giacca a maglia, se preferisce. Per Virginia, lavorare a maglia è una vera distrazione.

GIULIANA Penso che adesso abbia altro per la testa Virginia, che farmi un cappotto!

MADRE DI PIETRO No. Lo farà con grande piacere. Le sembrerà anche un poco di sdebitarsi con me. Perché io le sono stata di grande aiuto in questi giorni cosí tristi. Le ho mandato il mio giardiniere a farle qualche servizio. Le sono stata sempre molto vicina. No, lavorare a maglia è per lei una distrazione. È sola, in quella casa vuota, semibuia. Non so perché tiene sempre le imposte mezze chiuse. Io vado a trovarla anche oggi, quando esco di qua. Lamberto Genova era un amico carissimo della nostra famiglia. Morire cosí, all'improvviso, di trombosi alle coronarie! Dio ha voluto darmi anche questo grande dolore. Io mi sentivo ancora tutta sconvolta per il dolore che m'aveva dato mio figlio, sposandosi cosí, all'improvviso, di furia, senza nemmeno avermi spiegato bene con chi si sposa! E non in chiesa. Dal sindaco. Lo so, lui è ateo, va bene, ma non è mica un motivo per non fare il matrimonio in chiesa! Il matrimonio in chiesa lo fanno tutti, anche gli atei. Allora il povero Lamberto era venuto a trovarmi, poche sere prima di morire. Mi ha trovato in lagrime, e mi ha confortato. Mi ha detto: Ti aspettavi consolazioni, dai figli? No. Avevi torto. I figli non dànno nessuna consolazione. E poi mi ha detto: Stai molto vicina a Virginia, quando io non ci sarò piú. Si vede che aveva un presentimento. E poi, come medico, forse sapeva di essere malato. Io gli ho detto: Lamberto mio, col mio cuore in questo stato, e tanti dolori, me ne andrò molto prima di te. Allora ci siamo messi a discutere sulla vita dell'aldilà. Lui non era credente. Purtroppo, non era credente. Era materialista, forse i suoi studi l'avevano portato al materialismo. E nell'andarsene, mi ha ancora detto: Stai attenta al tuo cuore. È un cuore affaticato, che ha sofferto. Non bisogna darsi pena per i figli. I figli vanno per la loro strada. Io gli ho detto: Lamberto mio, ma fare un matrimonio cosí irragionevole, cosí disgraziato! L'unico figlio maschio! Lui se n'è andato, scuotendo la testa. Anche lui, dai figli, non ha avuto mai una consolazione. Non è che io voglia offenderla, signorina, perché non ho niente contro di lei. Deve capirmi, sono madre, un giorno sarà madre anche lei. Le madri si dànno pena. Pensi che non mi è stato neppure spiegato bene chi lei è. Mi hanno detto che vi siete incontrati a una festa di pittori. Una di queste feste di pittori. E a questa festa lei si è sentita poco bene, vero?

GIULIANA Avevo bevuto troppo.

MADRE DI PIETRO Vino? Liquori?

GIULIANA Vino rosso.

MADRE DI PIETRO Si vede che era vino cattivo. Non era genuino. Quando il vino è genuino, non fa male. La gente ora dà le feste col vino cattivo. Lo fanno apposta, cosí le ragazze che non sono abituate a bere si sentono male, e gli uomini se ne approfittano. Un'altra volta, quando va a qualche festa, non beva. Beva solo acqua. Li conosceva bene, quei pittori?

GIULIANA No. Io non conoscevo nessuno. Sono capitata là per caso, con un fotografo, che era amico della mia amica Topazia.

MADRE DI PIETRO Li conoscevi bene, tu, Pietro?

PIETRO Non li conoscevo per niente. Anch'io ci sono capitato per caso.

MADRE DI PIETRO Hai bevuto anche tu?

PIETRO Ho bevuto un poco.

MADRE DI PIETRO Perché bevi nelle case che non conosci? Chi è questa sua amica Topazia? Un nome molto, molto pretensioso.

GIULIANA È una mia cara amica, Topazia, l'amica piú cara che ho. Un'altra mia amica si chiama Elena, è buonissima, però non mi trovo bene con lei come con Topazia. È troppo pessimista. Vede guai dappertutto. Io con i pessimisti non riesco a stare. Sono molto influenzabile. Mi si attacca subito il pessimismo anche a me.

MADRE DI PIETRO E mio figlio? le sembra forse un ottimista, mio figlio?

GIULIANA Non mi sembra tanto pessimista. Sennò forse non l'avrei sposato.

MADRE DI PIETRO Lo crede un ottimista? Sbaglia. È soltanto un superficiale. Anche mia figlia Ginestra è un poco superficiale. Nella loro superficialità, questi miei figli mi hanno dato dolori e preoccupazioni. Perché non ha riflettuto, prima di sposarsi, figlia mia? Perché tanta leggerezza, lei, cosí duramente provata dalla vita? Non è credente, vero, signorina?

GIULIANA Secondo i giorni. Dipende dai giorni.

MADRE DI PIETRO Che parole orribili mi tocca sentire. Ma lo immaginavo. Non è credente. Se fosse stata credente, avrebbe chiesto a Dio che la ispirasse, e Dio l'avrebbe distolta da mio figlio. L'avrebbe indirizzata a un uomo piú adatto per lei. Eppure piú la guardo, e piú mi sembra d'averla già vista. Dove posso averla vista? dove?

GIULIANA Forse in qualche negozio...

MADRE DI PIETRO Negozio di che? Queste amiche di cui mi parlava, che persone sono? Questa amica Patrizia, o come ha detto che si chiama?

GIULIANA Non Patrizia. Topazia.

GINESTRA Non sarà Topazia Valcipriana?

MADRE DI PIETRO Chi, Valcipriana? Ah, la ragazza Valcipriana, è vero, si chiama Topazia! Quella che ha fatto quel matrimonio cosí disgraziato? Con quel Pierfederici? Uno scrittore?

PIETRO Portami via Gesú!

MADRE DI PIETRO Sí, ha scritto un romanzo che si intitola *Aiuto Gesú* o qualcosa di simile. Ma non parla niente di Gesú. Mettono di questi titoli, per sporcare il nome di Gesú. È un libro incomprensibile, però pieno di parole sporche. Io non ho nemmeno finito di tagliare le pagine. Questo Pierfederici era molto bello. Soprattutto, aveva molto stile. Lei, la ragazza Valcipriana, non è brutta, ma non ha stile.

GIULIANA Trova che non ha stile?

MADRE DI PIETRO Neanche un po'. Allora questo Pierfederici ha sposato la Valcipriana e l'ha lasciata subito, dopo quattordici giorni di matrimonio. È un malato, un nevropatico. Lo diceva anche il povero Lamberto, che lo curava. Mi pare che si sia anche mangiato dei soldi. E questa ragazza anche lei ha buttato male. Non vuole piú stare con i suoi. Viaggia. È piena di uomini. Pare che non possa avere bambini, perché ha l'utero retroflesso. È sua amica?

GIULIANA Sí.

MADRE DI PIETRO Ah, ma ecco lei dove l'ho vista! l'ho vista che prendeva il gelato al caffè Aragno, con la Valcipriana. Con questa Topazia. La Valcipriana aveva dei calzoncini bianchi tutti sporchi, indecenti, un fazzolettaccio al collo, e pareva un ragazzo di strada. Lei aveva un vestito di spugna giallo. Non facevate un bell'effetto, figlia mia, devo dirglielo. Né l'una né l'altra. L'ha ancora, quel vestito di spugna?

GIULIANA Sí.

MADRE DI PIETRO Non lo metta piú. Lo regali a Vittoria. È un vestito che non le sta bene. Il giallo non le sta bene. Poi di spugna! La spugna si mette al mare, ma non in città. Verrà a trovarla qui, la sua amica Topazia? Quando viene, me lo faccia sapere. Perché allora, quel giorno, io non verrò. Preferisco non incontrarla. Non mi è simpatica. Ieri, al funerale di Lamberto Genova, c'era Cecilia Valcipriana, la madre. Distrutta. Proprio un rottame.

PIETRO Perché?

MADRE DI PIETRO Mi domandi perché? Per la preoccupazione della figlia. E poi anche per il dolore della morte di Lamberto. Erano molto amici. Era il suo medico. Lei si faceva psicanalizzare.

GIULIANA Era un medico psicanalista, Lamberto Genova?

MADRE DI PIETRO Sí.

GIULIANA Aveva uno studio dalle parti della Circonvallazione Clodia?

MADRE DI PIETRO Non so. Di studi ne aveva due o tre. Io non ci sono mai andata allo studio. Non mi sono mai fatta psicanalizzare, non ne ho bisogno. Ho la fede.

GIULIANA Io questo Lamberto Genova lo conoscevo. Lo conoscevo benissimo. Mi sono fatta psicanalizzare da lui.

PIETRO Ti sei fatta psicanalizzare? Questo non lo sapevo. Non me l'avevi ancora raccontato.

MADRE DI PIETRO L'hai sposata, e non sapevi nemmeno che si era fatta psicanalizzare? e proprio dal nostro povero Lamberto?

GIULIANA Due volte. Ci sono andata solo due volte. Non mi ci ha portato Topazia, mi ci ha portato quel medico ungherese che Topazia conosceva, quando lei era già in America. Mi ci ha portato perché diceva che avevo un forte complesso di inferiorità. Mi identificavo con la mia ombra.

MADRE DI PIETRO E Lamberto cosa le ha detto di fare?

GIULIANA Niente. Non mi ha detto assolutamente niente. Come arrivavo, mi faceva sdraiare su un divano, e dovevo parlare. Lui era in poltrona allo scrittoio, e mi girava le spalle. Io parlavo... mi piace parlare, mi piace tanto raccontare i miei fatti. Però costava ottomila lire a seduta. E allora, la seconda volta, gli ho detto: Ma è possibile che devo pagare ottomila lire a seduta, solo per parlare? Parlare a uno che mi volta le spalle? Sono piena di debiti, non ho impiego, non ho casa, non ho niente, e vengo qui a spendere ottomila lire per volta?

GINESTRA Ottomila lire a seduta, si faceva pagare? E poi la moglie gli dava da mangiare il polmone?

GIULIANA Io non glieli ho dati quei soldi. Anzi gli ho chiesto invece un po' di soldi in prestito. Ma ha detto di no. Ha detto che lui non imprestava mai denaro ai pazienti, perché era una cosa contraria alla cura. Belle scuse, io gli ho detto. Rideva, si divertiva un mucchio con me. Quei momenti che era voltato verso di me, quando smetteva di fare la psicanalisi, rideva con me. Però dopo la seconda volta, non ci sono andata piú. Costava troppo. Se fosse stato gratis, ci sarei andata sovente, perché mi piaceva, mi riposavo a parlare sdraiata su quel divanetto, raccontare a quelle spalle tonde, curve, a quella nuca tutta ricciolini grigi...

MADRE DI PIETRO Ricciolini?

PIETRO Non era Lamberto Genova. Lamberto Genova era magro, alto, dritto, con la testa completamente calva.

MADRE DI PIETRO Aveva una testa nuda, liscia, calva, una pera perfetta. Non c'era piú un capello sulla sua testa. Li aveva tutti perduti.

PIETRO Non ti ricordi il nome? il nome che era scritto sulla porta? questo tuo medico, avrà pure avuto un nome?

GIULIANA Aveva un nome, che non mi ricordo... Io non ho memoria per i nomi.

GINESTRA E ora hai smesso di identificarti con la tua ombra?

MADRE DI PIETRO Le dài del tu, Ginestra? cosí presto?

GINESTRA Non è la moglie di mio fratello?

MADRE DI PIETRO Ma è stato solo un matrimonio civile. E poi la conosciamo tanto poco! Tutto quello che mio figlio ha saputo dirmi, è stato soltanto che ha sposato una donna duramente provata dalla vita.

GIULIANA No, non ho smesso di identificarmi con la mia ombra... Forse non smetterò mai.

MADRE DI PIETRO Allora lei doveva al povero Lamberto sedicimila lire? Le darò a Virginia. Gliele darò subito. Ci vado ora.

PIETRO Ma se non è andata da Lamberto Genova! se è andata da un altro! da uno coi ricciolini!

MADRE DI PIETRO È vero. Che confusione! Lei oggi non ha parlato molto, eppure mi ha confuso le idee.

GIULIANA Tutti lo dicono. Tutti mi dicono che quando parlo, confondo le idee. Anche Vittoria me lo dice sempre.

MADRE DI PIETRO Sempre! Ma se l'ha solo da quattro giorni, Vittoria!

GIULIANA E anche Pietro lo dice.

MADRE DI PIETRO Oh, Pietro, la confusione è il suo paradiso. Ama la confusione, l'ha amata sempre, fin da ragazzo. Ama la confusione, e il disordine. Pensare che il mio povero marito era cosí amante dell'ordine! era cosí meticoloso, accurato, puntuale! Negli orari, nel vestire, in tutto! Ieri, al funerale del povero Lamberto, mi sono vergognata. Pietro aveva in testa un orrendo cappello. Un cappello che sembrava tirato fuori dal secchio delle immondizie. Glielo faccia buttare via, quel cappello. Era là, con quel cappellaccio calato sugli occhi, una sciarpaccia legata al collo. Sembrava un ladro.

PIETRO Neanche per sogno che lo butto via. È un ottimo cappello.

MADRE DI PIETRO Lo sa perché lo mette quel cappello?

GIULIANA Perché?

MADRE DI PIETRO Per darmi una mortificazione.

GINESTRA Non è mica un brutto cappello. È un cappello da gentiluomo di campagna.

MADRE DI PIETRO Tu, Ginestra, sei sempre ottimista. Lei che dice che le piacciono gli ottimisti, guardi qui mia figlia, è una vera ottimista. Non ottimista, no, è accomodante. Accomodante, per superficialità. Non cerca la perfezione. I miei figli non cercano la perfezione. Io, invece, aspiro alla perfezione. O la perfezione, o niente. Mi dia le sue misure. Dica a Vittoria di portare un centimetro. Vado ora da Virginia, con le misure. Cosí comincia subito il cappotto.

GIULIANA Non solo le devo quei soldi alla povera Virginia, sedicimila lire, ma la obbligo anche a farmi tutto un cappotto?

MADRE DI PIETRO Quali soldi? Non abbiamo detto che era andata da un altro dottore?

GIULIANA Ah già. È vero.

PIETRO Vittoria! Il centimetro!

VITTORIA (*entrando*) Hanno chiamato?

PIETRO Un centimetro.

VITTORIA Non l'abbiamo, il centimetro. Lo cercavo anche ieri, per prendere le misure del tavolo, che dovevo comprare il mollettone. Non c'è.

MADRE DI PIETRO Non avete nemmeno un centimetro in casa?

VITTORIA No. Siamo ancora un poco sprovvisti. Il mollettone ieri non l'ho potuto comprare. Giusto, devo sparecchiare e riportare l'incerata alla portinaia. Me l'ha chiesta.

MADRE DI PIETRO Le misure gliele prenderò un'altra volta. Comprerò intanto la lana. Non voglio che abbia spese, povera Virginia. Si trova in condizioni economiche proprio non buone. Deve vendere la sua casa. Che pena! Una casa bellissima sull'Aventino. Ci stavano da piú di trent'anni. Per lei, a occhio, per un cappotto, ci vorranno almeno tre chili di lana.

GINESTRA Tre chili di lana, mamma? Sei matta. Ce ne vorranno appena due chili e mezzo.

MADRE DI PIETRO Ci sono anche le maniche. Tu sei sempre ottimista. Ce ne vorranno almeno tre chili, ti dico. Di che colore lo vuole, il cappotto?

GIULIANA Forse azzurro?

MADRE DI PIETRO Azzurro? ma che punto di azzurro? azzurro bebé? Ho paura che le sbatta la carnagione. Meglio verde-acqua. Oppure anche un verde foglia morta. Andiamo, Ginestra. Andiamo alla Casa della Lana.

PIETRO Vi accompagno in macchina?

MADRE DI PIETRO Non occorre. Già io mi vergogno di salire su quella tua macchina. È tutta ammaccata, tutta piena di fango. È indecente. (*Si mette il cappello davanti allo specchio*).

PIETRO Che lusso di cappello!

GINESTRA La mamma, appena ha saputo che ti sposavi, è corsa subito a comprarsi quel cappello.

MADRE DI PIETRO Sí. Perché credevo che vi sareste sposati in chiesa. Non potevo mica immaginare che avreste fatto le cose in quel modo, in furia, per darmi ancora una mortificazione. In furia, di nascosto, come i ladri.

PIETRO Perché, i ladri non si sposano in chiesa?

MADRE DI PIETRO Come i ladri. Avete fatto le cose come i ladri. Per darmi un dolore. Per sembrare spregiudicati. Per disordine. Amore del disordine. Amore dell'irregolarità. Andiamo, Ginestra. Se vien buio, non vedremo i colori della lana.

GINESTRA Arrivederci. Grazie.

PIETRO Arrivederci.

GIULIANA Arrivederci.

MADRE DI PIETRO Arrivederci.

Madre di Pietro e Ginestra via. Giuliana e Pietro soli.

GIULIANA Temo proprio che non potrò sfuggire al cappotto della povera Virginia.

PIETRO Lo temo anch'io.

GIULIANA Questa tua madre è un poco svaporata. Non me l'avevi detto che era un poco svaporata. Se non fosse svaporata, non si potrebbe mica sopportarla.

PIETRO Sí. Se non fosse svaporata, sarebbe stremante.

GIULIANA Per fortuna invece è svaporata. Non me l'avevi mica descritta giusta. Io, mia madre, son sicura che te l'ho descritta giusta. Proprio come è.

PIETRO Andremo anche a vedere tua madre. Le madri sono importanti.

GIULIANA Non sai mica tanto descrivere le persone, tu. Forse sei un cretino. Certe volte mi viene il dubbio d'aver sposato un cretino.

PIETRO Tanto non eri disposta a sposare chiunque?

GIULIANA Chiunque, ma non un cretino.

PIETRO Come mai non mi avevi mai detto che ti eri fatta psicanalizzare?

GIULIANA Non te l'avevo ancora mai detto? Chissà quante cose ancora non ti ho detto. Non ce n'è stato il tempo. Ci conosciamo in fondo cosí poco! Ci siamo sposati cosí di furia! Come ladri.

Entra Vittoria.

VITTORIA Cosa devo fare da cena stasera?

GIULIANA Melanzane alla parmigiana.

PIETRO Di nuovo? ah no, basta con le melanzane alla parmigiana. Troviamo qualcosa d'altro.

GIULIANA Preferisci un po' di polmone?

VITTORIA Potrei fare una frittata con le cipolle.

PIETRO Buona idea.

VITTORIA L'ho restituita l'incerata alla portinaia. Però questo mollettone bisogna comprarlo, se viene un'altra volta sua madre. Perché l'incerata le serve a lei, alla portinaia.

GIULIANA C'era il mollettone, in casa della signora Giacchetta?

VITTORIA No, perché si mangiava sempre in cucina. Senza tovaglia, sul tavolo della cucina. Sul marmo.

GIULIANA Sul marmo? Non ha nemmeno la cucina di fòrmica, la signora Giacchetta? è molto poco moderna.

VITTORIA Non è tanto che è poco moderna. È che si trova un poco in difficoltà. Se vince una causa contro i parenti del suo povero marito, allora rifà a nuovo tutta la casa.

GIULIANA Però ha l'automobile? Non ti ha riaccompagnata qui in automobile?

VITTORIA Non è sua. È della ditta. La signora Giacchetta lavora per una ditta, che commercia in saponi. Sull'automobile c'è un altoparlante, con dietro un disco che parla, e fa la propaganda dei saponi. Io mi vergogno un poco, quando mi trovo su quella macchina, che cammina per le strade urlando i saponi. La signora Giacchetta dice che in principio anche lei si vergognava, ma adesso non piú. S'è abituata. Un giorno verrà qui, la signora Giacchetta, con tutti i saponi. Se vorranno comperare qualche sapone, gli farà un buonissimo sconto. Hanno bisogno di niente?

PIETRO No, grazie. Abbiamo sapone.

VITTORIA No, dico adesso, se hanno bisogno di niente. Io vado un poco su dalla ragazza del piano di sopra, per farmi imprestare le cipolle. Non abbiamo nemmeno una cipolla in casa.

GIULIANA Bene.

Vittoria via.

PIETRO Simpatica, questa Vittoria.

GIULIANA Molto.

PIETRO Le hai raccontato tutti i tuoi fatti? Anche dello psicanalista, le hai raccontato?

GIULIANA No, quello forse non gliel'ho raccontato ancora. Però come è diversa tua madre dalla mia! Abbiamo delle madri molto diverse. Con delle madri cosí diverse, e tutto cosí diverso, potremo vivere insieme?

PIETRO Non so. Staremo a vedere.

GIULIANA Tua madre non pensa affatto che ti ho sposato per i soldi. Non pensa niente, tua madre. È troppo svaporata per pensare.

PIETRO Già.

GIULIANA Se pensasse, sarebbe insopportabile. Penserebbe delle cose insopportabili. Invece non pensa niente, corre solo dietro a delle futilità. In fondo non le importa nemmeno molto di sapere bene da dove sono piovuta io.

PIETRO Sí. È cosí.

GIULIANA Ma perché le madri sono tanto importanti? L'ha scoperto la psicanalisi, che sono importanti? Secondo la psicanalisi, sono la cosa piú importante di tutto?

PIETRO Sí. Secondo la psicanalisi, le origini del nostro comportamento sono da ricercare nel nostro rapporto con la madre.

GIULIANA Com'è strano! Queste madri che se ne stanno là, acquattate in fondo alla nostra vita, nelle radici della nostra vita, nel buio, cosí importanti, cosí determinanti per noi! Uno se ne dimentica, mentre vive, o se ne infischia, anzi crede di infischiarsene, però non se ne infischia mai del tutto. Quella tua madre cosí svaporata, eppure determinante! Non sembra proprio che possa determinare niente, e invece ti ha determinato, a te!

PIETRO Mi ha determinato.

GIULIANA Non era mica lei quella del bottiglione d'inchiostro. Era un'altra. Meno male che non ho rovesciato l'inchiostro addosso a tua madre. Sennò magari ci portava disgrazia. Visto che è cosí importante, una madre.

PIETRO Versare l'inchiostro non porta disgrazia. Porta disgrazia versare il sale di venerdí.

GIULIANA Non solo di venerdí. Sempre.

PIETRO Solo di venerdí.

GIULIANA Vittoria dice sempre.

PIETRO Tra poco, la povera Virginia si vedrà rovesciare addosso tre chili di lana, con l'incombenza di farti un cappotto verde-mare.

GIULIANA No verde-mare. Verde foglia morta.

PIETRO Povera Virginia!

GIULIANA Come parliamo sempre a vanvera noi! Come parliamo saltando di palo in frasca!

PIETRO No di palo in frasca. Di palo in foglia.

GIULIANA Di palo in foglia. Non facciamo mai un discorso ben costruito. In fondo ci conosciamo cosí poco! Dovremmo cercare di capire bene come siamo. Sennò, che matrimonio è? Ci siamo sposati talmente di furia! Che furia c'era?

PIETRO Ah, adesso non ricominciamo a mettere in discussione il nostro matrimonio! Ci siamo sposati e basta.

GIULIANA Basta un corno. Non essere cosí superficiale. Io perché ti ho sposato? E se ti avessi sposato per i soldi?

PIETRO Pazienza.

GIULIANA Pazienza un corno. Sarebbe una cosa orribile.

PIETRO Dov'è il mio cappello?

GIULIANA Hai un funerale?

PIETRO No. E non piove. Ma voglio il mio cappello. Devo uscire e voglio il cappello. Ho deciso di andare in giro sempre col cappello.

GIULIANA Forse perché tua madre ha detto che quel cappello non lo può soffrire?

PIETRO Forse.

GIULIANA Vedi come sono importanti le madri? vedi come sono determinanti?

PIETRO Allora? il cappello?

GIULIANA Ho paura che Vittoria l'abbia rimesso nella naftalina.

PIETRO Accidenti! questa mania della naftalina! Dille che lo tiri fuori!

GIULIANA Vittoria dev'essere ancora dalla ragazza del piano di sopra. Quando ci va, non ritorna mai giú. Potevamo mangiare la frittata senza cipolle.

PIETRO Va bene. Uscirò senza cappello.

GIULIANA Dove vai?

PIETRO Da un cliente. Al Quartiere Trionfale.

GIULIANA Al Quartiere Trionfale? Forse non era alla Circonvallazione Clodia quel mio medico psicanalista. Forse era al Quartiere Trionfale.

PIETRO Ciao. Ritorno tra poco.

GIULIANA Ciao. Fanno male all'ulcera, le cipolle?

PIETRO Malissimo. Ma tu non hai l'ulcera. Ce l'ha mia madre.

GIULIANA È proprio vero che ce l'ha?

PIETRO Non si sa. Lo dice. Non si è mai saputo se è vero.

Lamberto Genova diceva di no, diceva che è sana come un pesce, che non ha niente. Non si sa.

GIULIANA Come sono misteriose, le madri!

PIETRO Misteriosissime!

GIULIANA E cosí importanti!

PIETRO Sí. Cosí importanti!

GIULIANA Però a un certo punto è anche giusto mandarle un poco a farsi benedire, no? Volergli bene magari, però mandarle un poco a farsi benedire. È vero?

PIETRO Certo. E tua madre, che malattie ha?

GIULIANA Oh, mia madre anche lei ha ogni sorta di malattie. Reumatismi, coliche, il fegato, la vescichetta biliare che non so cosa le fa... ha tutto. Come sono anche noiose, le madri!

PIETRO Noiosissime.

GIULIANA Sai cosa penso?

PIETRO Cosa?

GIULIANA Penso che forse io questo Lamberto Genova non l'ho proprio mai conosciuto.

Indice

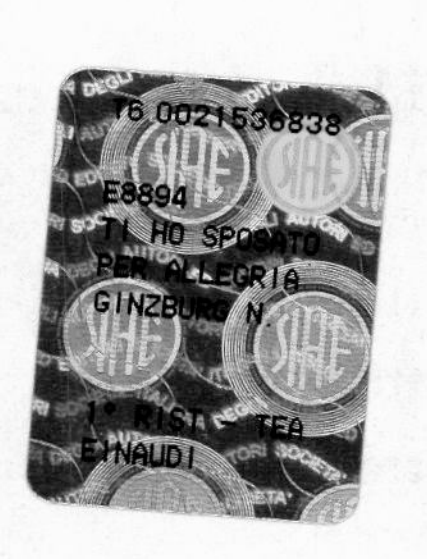

Stampato per conto della Casa editrice Einaudi
presso Mondadori Printing S.p.A., Stabilimento N.S.M., Cles (Trento)

C.L. 20484

Ristampa						Anno	
1	2	3	4	5	6	2012	2013